상남자 스타일

상남자스타일 3

임영기 장편소설

초판 1쇄 찍은 날 § 2018년 2월 26일
초판 1쇄 펴낸 날 § 2018년 3월 5일

지은이 § 임영기
펴낸이 § 서경석

총괄팀장 § 최하나
편집책임 § 이지연
디자인 § 신현아

펴낸곳 § 도서출판 청어람
등록번호 § 제387-1999-000006호
등록일자 § 1999. 5. 31
어람번호 § 제1-2860호

주소 § 경기도 부천시 부일로 483번길 40 서경B/D 3F (우) 14640
전화 § 032-656-4452 팩스 § 032-656-4453
http://www.chungeoram.com
E-mail § chungeorambook@daum.net

ⓒ 임영기, 2018

ISBN 979-11-04-91663-2 04810
ISBN 979-11-04-91631-1 (세트)

3

FUSION FANTASTIC STORY

임영기 장편소설

상남자 스타일

도서출판 청어람

상남자
스타일

Contents

제19장
매드독 5호

　현승원의 요구로 마현가의 시스템이 작동하고 나서 10분쯤 지났을 때 골드핑거가 있는 위치를 찾아냈다.

　─골드핑거는 압구정 로데오역에서 청담사거리 방향의 CDW─37 지점을 지나고 있음. 확인 바람.

　현승원이 부탁한 골드핑거의 지문과 사진으로 마현가의 시스템에 조회했으나 그의 신원이 밝혀지지 않았다.

　그 대신 서울 시내의 수천 개 CCTV를 총괄하는 메인 컴퓨터에 골드핑거의 사진을 넣고 돌렸더니 현재 그가 있는 위치를 찾아내서 즉각 현승원에게 알려주었다.

현승원은 가장 가까운 곳에 있는 요원들에게 명령했다.

"놓치지 말고 들키지 마라."

새로 보내는 요원들은 처음에 골드핑거를 미행한 팀보다 훨씬 우수한 정예 요원이었다.

샤론 가족하고의 약속 시간이 아직 많이 남았고 따로 할 일이 없었기 때문에 선우는 청담동 명품 거리의 쇼윈도를 들여다보면서 천천히 걸었다.

그러다가 문득 그의 걸음이 멈추었다.

그는 샤넬 제품을 진열한 쇼윈도 옆 좌판대에 늘어놓은 물건들을 찬찬히 들여다보았다.

귀고리에 반지와 손목의 링까지 화려하게 치장을 한 아가씨가 물건을 소개했다.

"얘네들, 정품이랑 절대로 구분이 안 돼요. 오빠 보시는 그거 신상인데 정품은 600이에요. 쪼그만 게 귀엽죠? 이거 들고 다니면 사람들이 다 쳐다볼 거예요."

선우는 고개를 끄떡였다.

"예쁘군요."

"20만 원만 주세요."

선우의 손바닥보다 조금 더 큰 자주색 손가방인데 이런 것에 문외한인 선우가 보기에도 아주 예뻤다. 자주색 바탕 정중

앙에 금빛 나비가 날개를 활짝 펴고 있는데 브랜드나 가격을 떠나서 선우의 마음에 쏙 들었다.

그런데 이렇게 조그만 손가방 정품이 하나에 600만 원이나 한다는 것이다.

선우는 바로 앞에 있는 샤넬 쇼윈도를 가리켰다.

"이게 저 안에도 있습니까?"

"그럼요. 이거 방금 나온 따끈따끈한 신상이라니까요. 파우치 백이 생긴 건 똑같은데 저 안의 것은 600만 원이고 이건 단돈 20만 원이라는 거죠."

선우는 고개를 끄떡이며 손으로 턱을 쓰다듬었다.

"사서 애인 갖다 주면 눈 돌아갈 거예요."

아가씨는 선우가 망설이는 이유가 손가방, 즉 파우치 백을 사고는 싶은데 돈이 모자란 것이라고 생각했다.

"2만 원 깎아드릴게요."

선우는 좌판에서 시선을 거두고 샤넬 매장으로 성큼성큼 걸어갔다.

아가씨가 선우를 보면서 눈살을 찌푸렸다.

"뭐야, 저치?"

잠시 후 선우가 샤넬 매장에서 나왔다.

좌판대의 아가씨는 선우의 손에 샤넬 매장에서만 얻을 수 있는 고급스러운 쇼핑백이 들려 있는 것을 발견하고는 어이없다는 표정을 지었다가 차갑게 코웃음 쳤다.

선우는 좌판대 쪽으로 걸어가서 고급스러운 샤넬 쇼핑백을 아가씨에게 내밀었다.

"가질래요?"

"왜… 그걸 나한테……."

아가씨는 기절할 것처럼 놀랐다.

선우는 쇼핑백에서 조금 전에 아가씨가 보여준 예쁜 자주색 파우치 백 정품을 꺼내고 빈 쇼핑백을 내밀었다.

"껍데기만입니다."

"……."

선우는 쇼핑백을 좌판대에 내려놓고 파우치 백을 청재킷 안에 쑤셔 넣고는 길을 따라서 걸어갔다.

선우가 샤넬 매장에서 나와 인파 속으로 사라진 지 3분쯤 지났을 때, 두 명의 정장 사내가 달려와서 샤넬 매장 안으로 뛰어 들어갔다.

그들은 계산대로 몰려가서 다짜고짜 다그쳤다.

"조금 전에 여기에서 물건을 사 간 젊은 남자, 무엇으로 계산했습니까?"

정장 사내는 놀라는 여점원에게 국정원 직원 신분증을 꺼내 코앞으로 들이밀었다.

"직불 카드였어요."

"전표 좀 봅시다."

샤넬 매장에서 나온 정장 사내 중 한 명이 휴대폰을 꺼내 현승원에게 직통으로 보고했다.

"국장님, 표적이 조금 전에 이곳 청담동 명품 거리 샤넬 매장에서 직불 카드를 사용했습니다."

―직불 카드 발행 은행에서 당장 신원 확인해.

"알겠습니다."

정장 사내 국정원 직원은 자신들이 미행하고 있는 표적이 누군지 모른다. 미행하라니까 미행하는 것이다.

하긴 선우에 대해서 모르기는 현승원도 마찬가지였다. 선우에 대해서 알고 있는 것은 그가 골드핑거라는 사실뿐이었다.

선우가 샤넬 매장에서 나와 200m쯤 갔을 때, 국정원 직원들은 그의 신원을 알아냈다.

직불 카드를 발급한 은행에서 알려준 자료에 의하면 그는 스팍스어패럴 한국 지사 디자인 팀의 팀장이었다.

이름 이정후, 나이 25세, 주소는 서울특별시 성동구 성수동 메가테리움 101동 8001호.

부하로부터 골드핑거의 신원 조회를 받은 현승원은 잔뜩 눈살을 찌푸렸다.

힘들게 털어서 어렵게 얻은 골드핑거의 신원이 평범한 샐러리맨이었기 때문이다.

아니, 결코 평범하지는 않았다. 골드핑거 이정후는 미국 시민권을 가졌으며, 뉴욕 맨해튼에 주소지를 두고 있고, 아이비리그 프린스턴 대학을 나와서 세계적 브랜드이자 초일류 그룹인 스팍스어패럴 디자인 팀장이라면 절대로 평범하다고 볼 수 없었다.

스물다섯 살이라는 어린 나이를 감안한다면 이미 성공했으며 앞으로 더 성공할 수 있는 초엘리트이다.

이정후라는 이름을 가진 청년의 사진과 가족 관계를 비롯한 신상 명세가 모니터를 빼곡하게 메웠으며 현승원은 그걸 들여다보고 또 들여다보았다.

도대체 이렇게 화려한 스펙을 갖고 있는 놈이 어째서 골드핑거라는 청부업자 노릇을 하고 있는지 이해할 수가 없었다.

이 정보는 은행에서 나온 자료를 근거로 신원 조회를 한 것이니까 확실하다고 봐야 한다.

하지만 현승원은 의심의 끈을 놓지 않았다.

그는 요원들을 스팍스어패럴로 보냈다. 이정후가 진짜 스팍스어패럴 디자인 팀장인지 확인하려는 것이다.

가짜일 가능성이 희박하지만 지금은 뭐라도 캐봐야만 했다.

그리고 골드핑거가 정말 스팍스어패럴 디자인 팀장이라면 그에게서 손을 뗄 생각이다.

더 이상 그를 붙들고 있는 것은 이래저래 낭비였다.

청담동 명품 거리를 걸어가고 있는 선우에게 전화가 왔다.

─삼촌, 어디 있어?

혜주다.

"청담동이야."

─국정원이 스팍스어패럴 디자인 팀까지 냄새 맡았어. 그쪽으로 국정원 요원들이 갈 모양이야.

"알았어. 들어갈게."

스팍스어패럴에는 선우가 이정후로 완벽하게 신분이 보장되어 있지만 그래도 선우가 디자인 팀장 자리에 앉아 있는 편이 이래저래 좋았다.

─그리고 캠핀스키호텔 스위트룸 AA─3503호 잡아놨어. 이제부터 가끔 거기 들러.

"혜주야, 너……."

선우의 섹스를 담당할 여자들을 캠핀스키호텔 스위트룸에 상시 대기시킬 테니까 틈나는 대로 거기에 들러서 성욕을 풀라는 얘기이다.

─이사회를 통과한 일이야. 알아서 해.

선우는 미간을 좁혔다.

스포그에는 의결 기구인 이사회라는 게 있으며, 팔대호신가의 가주 8명이 이사로 선출되고, 그들이 스포그의 중요 안건을 의결, 통과, 집행한다.

그들을 '팔대이사'라고 하는데 지위는 도련님 아래지만 그들이 통과시킨 일이라면 도련님이라고 해도 따라야만 한다.

─삼촌, 그거 내가 안건 발의 한 거 아냐. 송보가주가 발의하고 이사들이 제창해서 이사회가 열렸는데 거기에서 통과됐어. 공교롭게 내가 삼촌한테 그런 얘기를 한 시기하고 맞물려서 내가 오해를 받게 생겼지만 어쨌든 난 아냐.

선우는 역대 신강가의 재신들도 어느 한 사람 예외 없이 소위 미가(美家)라고 지칭되는 미녀들의 집단을 거느렸다는 사실을 알고 있다.

그랬든 말든 선우는 미가를 이용하지 않을 생각이다.

─삼촌, 왜 그렇게 어린애 같아?

혜주가 선우를 꾸짖었다.

─삼촌 생각에는 전 세계를 통틀어서 최고로 뛰어난 유전자를 갖고 있는 남자가 누구인 것 같아?

그건 물어보나마나 선우이다.

—신강가의 적통은 오직 한 명으로 이어져 내려왔지만 신강가 도련님에게는 팔대호신가에도 혈통을 이어줄 의무가 있다는 것쯤은 알고 있잖아.

그랬다.

팔대호신가 각 가문의 후예 중에서 자질이 가장 뛰어난 여식이 선발되어 신강가 도련님과 합방하여 보물 같은 귀중한 정액을 하사받는다.

그렇게 해서 낳은 자식이 보통 다음 대 팔대호신가의 가주가 되는데 이것은 근친상간하고는 거리가 먼 일이다.

왜냐하면 팔대호신가에서 선발된 여자와 현재 도련님과의 촌수를 논한다면 아무리 가까워도 16촌 이상 된다. 또 그런 여자들만 선발한다. 그러니까 그건 근친, 즉 가까운 친척이 아닌 것이다.

"시끄럽다."

—삼촌!

선우가 조금 역정을 내면서 전화를 끊으려는데 혜주가 다급하게 외쳤다.

"왜?"

—삼촌, CCTV 때문에 신원 조회가 된 것 같아.

"나도 그렇게 생각한다."

—그리고…….

혜주는 무슨 말인가 하려다가 말았다.

—아냐, 됐어.

그러고는 자기가 먼저 전화를 끊었다.

평소에는 누가 선우를 뒷조사하거나 미행 같은 걸 하지 않기 때문에 거리를 버젓이 활보하면서 CCTV에 찍혀도 전혀 상관하지 않았다.

설혹 누가 그를 조사한다고 해도 대한민국에 설치된 모든 CCTV를 총괄하는 CPU에서 선우의 모습이 완벽하게 걸러지기 때문에 신경 쓸 필요가 없었다.

국정원이 CCTV를 열람했다면 선우의 모습이 삭제된 것을 봤을 텐데, 그를 발견했다는 것은 걸러지기 전의 영상을 봤다는 뜻이다.

'마가다.'

확인된 바는 없지만 신강가가 그렇게 하듯이 마가 역시 신강가처럼 CCTV의 오리지널 영상을 실시간으로 입수하여 활용하고 있을 것이다.

'그렇다면 국정원장 현승원이 마가의 일족이든가 하수인이라는 뜻이다.'

선우의 입술 끝이 살짝 올라갔다.

'후후, 마침내 마가의 꼬리를 잡은 건가?'

테헤란로에 위치한 스팍스어패럴 한국 지사는 스팍스빌딩 32층을 통째로 사용하고 있었다.

저벅저벅.

모델 그 이상의 비주얼을 자랑하는 한 남자가 깨끗하고 단단한 대리석 바닥을 울리면서 걷고 있었다.

널따란 일 층 홀을 가로지르는 그 남자를 보려고 일 층에 있는 거의 모든 사람이 남녀 구별 없이 하던 행동을 멈추었다.

후리후리한 키에 더 이상 근사할 수 없는 슈트 차림인 그는 바로 선우다.

청바지와 청재킷 차림일 때도 멋있었지만 지금과 같은 모습은 쳐다보는 사람의 입에서 저절로 감탄이 흘러나오게 했다.

안내 데스크의 여직원 두 명이 발딱 일어나 선우에게 깍듯이 인사했다.

"어서 오세요, 실장님."

이 여직원들은 스포그 사람이 아니지만 선우, 아니, 디자인 팀장 이정후를 너무도 잘 알고 있다.

이정후처럼 미끈하고 멋진 남자는 한 번 보면 죽을 때까지 잊히지 않는 법이다.

사실 선우는 가끔 이곳에 온다. 이정후 행세를 하려는 것도 있지만 또 다른 볼일이 있기 때문이다.

선우가 28층을 사용하고 있는 디자인 팀 총괄실로 들어서자 직원들이 미소를 지으며 인사하거나 손을 들어 보였다.

"실장님 오셨어요?"

"보스, 오랜만이에요."

선우는 '보스'라고 한 직원을 가리켰다.

"보스, 듣기 좋은데?"

28층에는 디자인 총괄 팀을 중심으로 5개의 디자인 팀이 있으며 80여 명이 근무한다.

예전에는 선우가 들어오면 일하던 모든 직원이 일손을 멈추고 일제히 일어섰는데 그러지 말고 하던 일을 계속하라고 선우가 지시했다.

선우가 디자인 팀 총괄 실장 자리에 앉아서 밀린 업무를 보고 있을 때 창밖 복도에서 얼쩡거리는 사내가 있었다.

사내는 디자인 팀 총괄실을 기웃거렸는데 선우가 봤을 때 국정원 직원이 분명했다.

그리고 잠시 후 국정원 직원이 총무과에 들러서 직원 명부를 열람했다는 보고가 총무과에서 왔다.

이어 3분 후에 국정원 직원이 스팍스빌딩을 나갔다는 보고가 왔다.

5분 후에 선우는 사무실을 나와 복도 엘리베이터 앞에 섰다.

딩동~

위에서 엘리베이터가 내려와 멈추고 문이 열리자 안에 선글라스를 쓴 멋들어진 청년이 달랑 혼자 뒤쪽 유리 벽에 등을 기댄 채 다리를 꼬고 있었다.

디자인 팀이 사용하고 있는 28층 위층은 기획 조정실을 비롯한 임원, 지사장실 등이 있다.

청년은 최고급 슈트에 스카프를 목에 두르고 여러 보석으로 한껏 치장했는데, 미남 배우 같은 모습이다.

선우는 청년과 좀 떨어진 곳에 서서 유리창으로 거리를 내려다보았다.

시계를 보니 샤론 가족과 약속 시간이 20분쯤 남았다. 서둘지 않아도 제시간에 도착하겠다.

딩동~

엘리베이터가 중간에 멈추고 여직원 세 명이 재잘거리면서 타다가 두 명의 멋들어진 남자를 발견하고는 조용해졌다.

"안녕… 하세요, 실장님?"

그중 한 여직원이 수줍음으로 얼굴을 붉히면서 선우에게 알은척를 했다.

선우는 빙긋 미소 지었다.

"오랜만이에요, 서진영 씨."

"어머."

홍보부 여직원 서진영은 스팍스어패럴 한국 지사 모든 여자들의 우상인 이정후 실장이 자신의 이름을 알고 있다는 사실에 너무 감격해서 눈물마저 핑 돌았다.

다른 두 명의 여직원은 선우를 모르지만 그의 멋진 모습에 눈도 깜짝거리지 않고 바라보느라 여념이 없었다.

그녀들은 서진영이 선우를 보고 '실장님'이라고 호칭하며 황홀한 표정을 짓는 걸 보고 그가 그 유명한 디자인 팀장 이정후 실장이라는 사실을 알아차렸다.

서진영은 일생에 이런 기회가 다시없을 것이기에 용기를 내서 먼저 말을 걸었다.

"실장님, 퇴근하세요?"

"그렇습니다. 서진영 씨는?"

"저희는 외근 한 군데 들렀다가 곧장 퇴근이에요."

서진영이 두근거리는 가슴을 손으로 지그시 누르며 선우에게 조심스레 물었다.

"실장님, 차로 퇴근하세요?"

"그렇습니다."

건물 밖에 국정원 나부랭이들이 지키고 있을까 봐 디자인 팀 차를 타고 회사를 빠져나갈 생각이다.

서진영은 조금 더 용기를 냈다.

"어느 쪽으로 가세요?"

여직원들의 우상인 선우하고 뭔가 썸을 타보겠다는 욕심 따위 언감생심 꿈도 꾸지 않는다.

다만 판타지 소설 '반지의 제왕' 같은 영웅담을 만들어보고 싶다는 작은 소망이 있을 뿐이다.

디자인 팀장 이정후 실장하고 같은 차를 탔다는 사실 하나만으로도 그녀는 이 회사 가십의 최고 정점에 올라설 것이 분명했기 때문이다.

"청담사거리 근처입니다."

"어머!"

짝!

서진영이 손뼉을 쳤다.

"저희들도 그쪽 명품 거리 스팍스 매장에 가요. 택시 타려고 했는데 실장님께서 태워주시겠어요?"

"그러죠, 뭐,"

"꺄악!"

여자들이 손뼉을 치면서 팔딱거리며 기뻐했다.

그때 선글라스 쓴 청년이 여전히 유리 벽에 기댄 거만한 자세로 여자들에게 말했다.

"한 사람만 내 차로 모시겠습니다."

여직원 한 명이 재미있다는 표정으로 물었다.

"왜 한 사람만이죠?"

"하하! 내 차는 2인승입니다. 스포츠카죠. 람보르기니 무르시엘라고입니다."

청년이 턱으로 서진영을 가리켰다.

"거기, 태워줄까요?"

"저요?"

"축하합니다. 당첨되셨습니다, 하하하!"

청년은 자기 같은 비주얼 갑인 멋쟁이가 5억짜리 람보르기니 무르시엘라고를 태워주겠다고 하면 여자들이 얼씨구나 하고 탈 거라고 생각한 모양이다.

서진영은 벌레 씹은 표정을 지었다가 쌀쌀하게 말했다.

"그 당첨, 사양하겠어요."

"어……."

청년에게서는 부티와 귀티가 줄줄 흐르지만 반면에 재수 없음도 쫄쫄 큰 소리를 내면서 흘러내렸다.

서진영의 거절하는 방법이 재치 있어서 여직원들은 깔깔거리면서 손뼉을 치며 웃음을 터뜨렸다.

청년의 얼굴이 붉어지더니 이내 입에서 거친 욕설이 튀어나왔다.

"Bitch!"

서진영이 그 말을 알아듣고 차가운 표정을 지었다.

"그 말, 나한테 한 거예요?"

청년이 비웃음을 흘렸다.

"그래, 너한테 했다, 이 쌍년아. 어쩔래? X 같은 년이 얻다 대고 시건방을 떨어?"

서진영은 크게 당황해서 어쩔 줄을 몰랐다.

"뭐 이런 사람이 다 있어?"

"내가 내 차에 타라고 하면 얌전히 타는 거야. 알아들어, 개 같은 년아?"

"어머, 어머……."

서진영은 지독한 모욕감에 어쩔 줄을 몰랐고, 두 여자도 놀라서 선우 쪽으로 몰려들었다.

서진영이 청년에게 뾰족하게 소리쳤다.

"당신, 뭔데 나한테 욕하는 거예요?"

"이 X팔 년이, 확!"

"악!"

청년이 주먹으로 때리는 시늉을 하자 서진영은 화들짝 놀라 선우에게 안기듯 매달렸다.

선우가 점잖게 청년을 꾸짖었다.

"입이 너무 거칠군. 서진영 씨에게 사과하십시오."

"넌 빠져, 새끼야."

청년은 서진영에게 손을 뻗어 그녀의 머리카락을 움켜잡았다.

"이 개년이 누굴 모욕해! 죽고 싶냐, 너? 엉?"

"아악!"

여기에 마리 오빠 유승환 같은 놈이 하나 더 있다. 한 가지 다른 게 있다면 유승환은 흙수저인데 이 자식은 금수저라는 사실이다.

선우는 청년의 팔을 붙잡고 살짝 비틀었다.

뚜둑.

"으아악!"

청년이 죽는다고 비명을 지르며 몸을 꼬아댔다.

선우는 청년의 손을 놓아주고 엄하게 꾸짖었다.

"서진영 씨에게 사과하세요."

"으ㅇ으……."

청년은 아픈 팔을 쓰다듬으면서 끙끙거리다가 갑자기 선우에게 달려들며 주먹을 휘둘렀다.

"마더 퍼커!"

선우는 나무늘보가 다가오는 것처럼 느려 터진 청년의 가슴을 발바닥으로 아주 살짝 걷어차듯이 밀었다.

픽!

"끅……."

청년은 바닥에 쓰러져 숨을 꺽꺽거리면서 침을 질질 흘리며 괴로워했다.

세 여자는 그런 모습을 보면서 통쾌하게 생각할지언정 그를 조금도 안쓰럽게 여기지 않았다.

"너… 이 새끼……!"

청년은 선우에게 손을 뻗으면서 뭐라고 중얼거렸지만 알아들을 수 없는 말이다.

딩동~

─지하 3층입니다.

그러는 사이에 엘리베이터가 선우가 탈 승용차가 있는 지하 3층에 도착했다.

선우는 다 죽어가는 신음 소리를 내고 있는 청년을 놔두고 세 여자와 함께 지하 주차장으로 걸어갔다.

"서진영 씨, 괜찮습니까?"

선우는 헝클어진 서진영의 머리카락을 쓰다듬으며 물었다.

"으아앙!"

그런데 갑자기 서진영이 선우에게 안기면서 울음을 터뜨렸다.

엘리베이터 안에서 낯선 남자에게 머리채를 잡히고 온갖 욕을 들었으니 서러움이 폭발할 만도 했다.

"이제 괜찮습니다."

선우는 서진영을 안고 등을 토닥이며 위로했다.

두 여직원은 그런 선우를 눈이 부신 듯이 바라보았다.

부웅!

선우의 국산 중형 승용차가 지하 주차장에서 바깥으로 나오고 있는데 갑자기 차 앞에서 경비가 가로막고 서서 정지 신호를 보냈다.

운전석에 있던 선우가 창을 내렸다.

"무슨 일입니까?"

경비는 선우를 발견하고 놀라서 급히 경례를 하고는 쩔쩔매면서 말했다.

"저기… 엘리베이터에서 어떤 놈이 지사장님 아드님을 때리고 도망쳤다고 해서……."

"그놈이 납니다."

"네?"

서진영의 머리채를 잡고 욕한 청년이 지사장 아들인지는 모르겠지만 엘리베이터에서 돼먹지 않은 청년을 때린 사람은 선우였다.

"그 사람이 지사장님 아들입니까?"

경비는 쩔쩔맸다.

"그렇습니다, 실장님. 자기를 때린 놈을 잡으라고 하도 난리를 쳐서 말입니다. 이거 어떻게 하죠?"

"내가 따로 지사장님에게 말씀드리겠습니다."

경비가 굽실거렸다.

"아, 그래주시겠습니까?"

서진영과 여자들은 선우가 때려눕힌 사람이 지사장 아들이라는 말에 너무 놀라서 말도 하지 못하고 있다가 차가 거리로 들어서자 서진영이 겨우 한마디 했다.

"실장님, 어떻게 하죠?"

그녀는 금방이라도 울음을 터뜨릴 것 같은 얼굴로 조수석에서 선우를 바라보았다.

스팍스어패럴 본사는 영국 런던에 있지만 한국 지사가 본사 이상의 파워를 지니고 있다.

한국 지사가 아시아는 물론이고 미주 시장까지 발판을 넓혀서 지난해 스팍스어패럴의 매출 67%를 올렸으며 디자인은 거의 도맡아서 하고 있기 때문이다.

또한 런던 본사의 사장은 CEO이지만 한국 지사장은 신강가 팔대호신가의 혈족이다.

비록 직계가 아닌 방계 혈족이지만 그것만으로도 스팍스어패럴 내에서 서열 3위를 고수하고 있었다.

한데 조금 전에 선우가 살짝 때린 망나니 같은 청년이 바로 스팍스어패럴 한국 지사장 아들이었다.

"괜찮습니다. 걱정하지 마세요."

"그렇지만 실장님은 저 때문에……."

서진영은 끝내 눈물을 흘리면서 말을 잇지 못했다.

지사장 아들을 때렸으니 선우가 불이익을 당할 거라고 생각하는 모양이다.

뒤에 앉은 두 여직원도 지사장이 가만있지 않을 거라면서 한마디씩 거들면자 분위기가 초상집으로 변했다.

"지사장님은 공과 사가 분명한 분입니다. 그런 일로 부하 직원에게 불이익을 줄 분이 아닙니다."

"그래도 자기 아들이 맞았는데 가만있을 아버지가 어디 있겠어요?"

이런 상황에서는 선우가 입이 열 개라도 세 여자를 설득할 방법이 없다.

그렇다고 지사장이 나한테는 한참 쫄따구라고 말할 수도 없는 노릇이었다.

선우는 서진영을 비롯한 세 여직원을 청담사거리에 내려주고 나서 약속한 한식당 지하 주차장에 차를 파킹하고 계단으로 걸어서 일 층으로 올라갔다.

이 지역에서 가장 유명한 한식당 '서림'은 일 층에 있다.

그가 서림으로 들어서려는데 로건에게서 전화가 왔다.

"로건 씨."

선우는 입구 안쪽의 대기실 의자에 앉았다.

―선우 씨, 별일 없습니까?

로건은 미국 대통령하고 둘이서 청와대에 뻔질나게 전화해서 선우 구명 운동을 하더니 정작 그가 풀려난 이후에는 가타부타 전화 한 통 없다가 이제야 불쑥 전화했다.

선우는 그가 무슨 용건으로 전화했는지 짐작했다.

"로건 씨 덕분에 무사합니다."

로건은 자신이 선우를 위해서 해준 일에 대해서는 일체 생색을 내지 않았는데 그런 점이 선우의 마음에 들었다.

―대통령께서 허락하셨습니다.

그 대신 곧장 본론으로 들어갔다.

로건이 하는 얘기는 선우에게 CIA 도그매틱 요원이 돼달라고 부탁한 일이다.

미국 대통령까지 허락을 했고 또 프리랜서나 다름없는 도그매틱 요원이라면 선우로서도 손해 볼 게 없다는 생각이다. 말하자면 골드핑거로서 CIA에 의뢰 계약을 맺은 것이다.

"알겠습니다. 저도 수락하겠습니다."

―아아, 다행입니다!

"이제 어떻게 하면 됩니까?"

―오늘 내로 CIA 본부에서 선우 씨에게 코드 넘버를 부여할 것입니다. 이후에는 그 코드 넘버를 통해서 CIA와 선우 씨 간의 모든 것이 이루어질 것입니다. 그렇지만 사실 나도 CIA에

대해서는 잘 모릅니다.

"알겠습니다."

—첫 번째 미션 수행은 언제 가능합니까?

"내일이면 가능합니다."

—오케이. 그렇게 전하겠습니다.

"그럼……."

선우가 전화를 끊으려는데 로건이 급히 말했다.

—그런데 선우 씨, 우리 대통령하고 아는 사이입니까?

"왜 그렇게 생각하십니까?"

—아, 대통령 보좌관이 나한테 귀띔해 줬는데 대통령이 선우 씨 사진을 보더니 큰 소리로 웃었다는군요. 그러면서 영마스터라고 말했다는데…….

선우는 빙그레 미소 지었다.

예전에 그는 17살 신강사관 방학 때 세계 일주를 하던 중 미국에서 상당한 영향력을 행사하는 버지니아 주지사를 만나서 이틀 동안 그의 집에서 지낸 적이 있는데 그 버지니아 주지사가 훗날 미국 대통령으로 당선됐다.

—선우 씨가 영마스터입니까?

"그렇습니다."

—그럼 골드핑거하고 영마스터하고 닉네임이 두 개로군요. 영마스터는 어떨 때 사용합니까?

미국 대통령 서넌 루빈스타인은 스포그의 존재를 어렴풋이 알고 있다.

그리고 선우가 스포그의 젊은 도련님, 즉 영마스터라고 소개를 받았다.

그렇기 때문에 미국 대통령은 선우의 CIA 도그매틱 요원을 쉽게 허락했을 것이다.

"영마스터는 사업할 때의 닉네임입니다."

로건이 크게 놀랐다.

─선우 씨, 사업도 합니까? 도대체 얼마나 대단한 사업을 하기에 미국 대통령이 선우 씨를 알고 있는 겁니까?

"로건 씨, 예전 미스터 루빈스타인이 버지니아 주지사 시절에 한 번 인사를 했을 뿐입니다."

─아, 그런 인연이로군요. 여하튼 선우 씨, 대단합니다.

선우가 통화를 끝내려는데 로건이 진지한 목소리로 말했다.

─선우 씨.

"말씀하십시오."

─멜리사와 아이들이 선우 씨 보고 싶다고 난리입니다.

"이번 일 끝나면 한번 찾아뵙겠습니다."

─알았어요. 그리고…….

로건이 목소리를 더 깔았다.

─몸조심해요.

"염려 고맙습니다."

선우가 통화를 끝내고 일어서려는데 마침 식당 입구로 두 사람이 나란히 들어서다가 딱 마주쳤다.

"어, 너······."

"형님."

들어서고 있는 사람은 일남 일녀인데 그중 남자는 강남경찰서 강력계 형사 이종무다.

그렇지만 선우는 그 옆에 서 있는 여대생 같은 젊은 여자를 보고 더욱 놀랐다.

그녀는 바로 아까까지 선우를 미행하던 국정원 직원 B—d3가 아닌가?

B—d3도 선우를 발견하고는 놀라서 눈을 커다랗게 떴다가 곧 팽팽한 적의를 드러냈다.

이종무는 선우와 B—d3가 서로 주시하고 있으며 선우는 담담한 표정인 데 반해서 B—d3은 선우를 당장에라도 잡아먹을 것 같은 모습인 것을 보고 어이없다는 표정을 지었다.

"뭐야? 너희 둘, 아는 사이냐?"

B—d3는 국정원으로부터 더 이상 골드핑거를 미행하지 말라는 명령을 받았다.

그렇지만 골드핑거를 미행하다가 보기 좋게 당했기 때문에 그것에 대한 앙금이 B—d3에게는 깊게 깔려 있다.

이종무가 싱긋 미소 지었다.

"좋은 사이는 아닌 것 같군."

B-d3가 선우를 가리키며 이종무에게 날카롭게 물었다.

"선배님, 이 자식 뭐죠?"

"어… 대뜸 자식이라고 하는 건 좀 지나치지 않니?"

"뭐라고요?"

"너, 이 친구에 대해서 얼마나 알고 있니?"

"골드핑거라는 것과 두 시간 전까지 내가 미행하던 표적이라는 사실요."

이종무가 빙그레 웃었다.

"그럼 다 아는 거네. 나도 이 친구가 골드핑거라는 것밖에 모르니까."

그는 B-d3의 어깨를 다독였다.

"너 아직도 이 친구 미행해야 하는 거니?"

그는 B-d3를 매우 예뻐하는 것 같았다.

"아닙니다. 본부에서 종결 명령이 내려졌어요."

"그럼 끝났잖아."

"그렇지만……."

B-d3가 칼날처럼 선우를 쏘아보았다.

이종무가 선우에게 물었다.

"여긴 웬일이냐?"

"여기에서 약속이 있습니다."

"그래?"

"형님, 몸은 좀 어떠세요?"

현성진이 보낸 킬러에게 피아노 줄 테러를 당한 이종무는 병원에 입원하고 있었다.

이종무가 팔을 빙빙 돌리며 웃었다.

"끄떡없다."

그렇지만 선우는 이종무 목에 빨간 줄이 나 있는 흔적을 보고는 마음이 아팠다.

이종무가 B—d3의 어깨에 손을 얹었다.

"아, 나는 얘가 술 사달라고 갑자기 전화 와서 이리 데리고 온 거다."

선우는 B—d3가 이종무에게 왜 술을 사달라고 했는지 알 것 같았다.

"얘 내 후배야, 경찰대학교. 새카맣지만 후배는 후배지."

"네."

그때 선우가 왔는지 보려고 룸에서 나와 밖을 기웃거리던 샤론이 두리번거리면서 입구 쪽으로 걸어오고 있었다.

그녀는 고급 슈트로 쫙 빼입은 미남 배우 뺨치는 비주얼의 선우를 미처 알아보지 못했다.

이종무와 B—d3는 이쪽으로 걸어오는 샤론을 발견하곤 움찔 놀랐다.

두 사람은 샤론을 보는 순간 그녀가 요즘 대세인 미라클 샤론이라는 것을 한눈에 알아보았다.

샤론은 뒤집힌 요트에서 구해질 때, 그리고 헬기를 타고 병원으로 이동하는 경황 중에 선우를 본 게 전부여서 그의 모습이 정확하게 기억에 남아 있지 않았다.

샤론의 등장으로 선우 일행의 대화가 끊겼다.

선우는 이종무와 B—d3가 있는 곳에서 샤론을 알은척하는 것이 뭐 해서 가만히 있었다.

그러나 이종무와 B—d3는 정말이지 걸어 다니는 인형처럼 예쁜 샤론이 점점 가까이 다가오자 신기한 표정으로 그녀를 바라보았다.

짧은 핫팬츠에 배꼽을 살짝 드러낸 타이트하고 짧은 셔츠를 입은 샤론의 몸매는 정말 글래머러스했다.

이제 겨우 17살 여고 1학년인 것을 감안하면 성숙해도 너무 성숙한 몸이다.

샤론은 지나치면서 선우를 보고는 걸음을 멈추고 그를 말끄러미 바라보았다.

"저기, 혹시……."

선우는 알은척은 하지 않았지만 얼굴에 떠오른 미소는 지울 수가 없었다.

선우에게 한 걸음 더 가깝게 다가온 샤론이 그를 알아봤는지 잔뜩 기대 어린 표정을 지었다.

"골드핑거 오빠 맞죠?"

"그래, 잘 있었니, 샤론?"

"오빠아!"

샤론이 비명을 지르면서 선우에게 와락 달려들어 두 팔로 그의 목을 감으며 매달렸다.

그 모습을 보고 이종무는 퍼뜩 뇌리를 스치는 게 있었다. 얼마 전에 샤론네 가족이 탄 요트가 부산 앞바다에서 실종됐다가 극적으로 구조됐다는 뉴스를 봤다.

그런데 이제 보니 선우가 샤론네 가족을 구한 게 분명했다.

이종무는 놀라는 표정을 짓고 있는 B—d3에게 선우를 가리키며 빙그레 미소 지었다.

"너, 뉴스 봤지? 이 친구가 샤론 가족을 구한 거 같다."

"아⋯⋯."

B—d3는 뒤통수를 한 대 얻어맞은 표정을 지었다. 그녀는 방금 전까지만 해도 골드핑거를 아주 못된 악인이거나 북한 쪽하고 연결돼 있는 간첩 끄나풀 같은 존재로 여겼다.

샤론 가족을 누가 구했는지에 대해서는 철저히 비밀에 가려져 있었다. 선우가 샤론 가족에게 비밀을 지켜달라고 부탁했기 때문이다.

그래서 샤론 가족을 도대체 누가 구했는지에 대해서 국민적인 관심이 대단했었다.

그런데 이제 보니 그 숨은 영웅이 B-d3가 미행했고, 또 이 자식 저 자식 욕을 해대던 골드핑거일 줄은 꿈에도 상상하지 못했다.

샤론은 선우에게 안겨서 '오빠' 소리를 연발하면서 흐느껴 울기만 했다.

선우는 샤론을 달래서 겨우 떼어내고 이종무에게 말했다.

"형님, 몸조리 잘하세요."

"어… 그래."

선우는 B-d3에게 찡긋 윙크를 해 보이고는 몸을 돌려 안으로 걸어 들어갔다.

"저 자식이……."

"주희야."

"선배, 저 자식이 방금 나 약 올리는 거 봤어요?"

이종무는 미소를 지었다.

"나한테 천사가 생겼다고 한 말 기억하니?"

"그럼요. 선배가 저 만날 때마다 얘기하셨는데 그걸 왜 기억 못 해요."

B-d3 우주희는 자신이 유일하게 존경하고 따르는 경찰대학 한참 선배 이종무가 만날 때마다 입이 닳도록 말한 일명

'좋은 천사론'에 대해서 잘 알고 있었다.

여태껏 하는 일마다 되는 게 없고 맡은 사건마다 해결 확률이 30%에서 간당거려서 사는 게 사는 게 아니었던 이종무에게 어느 날 갑자기 천사가 나타났다는 것이다.

그때부터 이종무는 승승장구, 하는 일마다 잘되고 범인 잡는 일이나 집안일이나 뭐든지 다 만사형통이 됐다.

이종무는 샤론에게 팔이 잡혀서 안쪽으로 거의 끌려들어가고 있는 선우의 뒷모습을 바라보며 빙그레 미소 지었다.

"그 천사가 바로 저 친구야."

"네에?"

우주희는 눈을 동그랗게 뜨고 새삼스러운 표정으로 선우를 바라보았다.

밤 9시쯤 집에 돌아온 선우는 현관의 번호 키를 누르려다가 마리 집의 벨을 눌렀다.

잠시 후 슬리퍼를 신고 급하게 달려오는 탁탁거리는 소리가 나는가 싶더니 벌컥 현관문이 열리며 마리의 상기된 얼굴이 나타났다.

"선우 씨."

선우가 마리 오빠 유승환을 신강사관으로 데리고 간 이후부터 통 보지 못했기 때문에 마리는 이제나저제나 그를 만나기를 기다리고 있었다.

"누군지 확인도 하지 않고 막 열면 어떻게 합니까?"

마리가 빨개진 얼굴에 미소를 지었다.

"선우 씨인 줄 알았어요."

마리는 현관문을 조금 더 열고 옆으로 비켜섰다.

"들어올래요?"

"그럴까요?"

선우는 빙그레 미소 지으며 안으로 들어갔다.

마리는 선우가 오빠 유승환을 사람으로 만들어보겠다면서 특수학교에 보내겠다고 했을 때 무엇 때문에 자기한테 이렇게 잘해주느냐고 물었다.

그때 선우는 마리를 좋아하고 있기 때문이라고 대답했다.

그 말을 듣고 난 이후 마리는 많이 달라졌다. 사실 그녀도 선우를 좋아하고 있었기 때문에 그의 고백을 듣고 나서는 그가 남 같지 않고 어느 순간 갑자기 애인이라도 된 것 같은 기분이 들었다.

마리의 인생을 크게 둘로 구분한다면 선우를 만나기 전과 선우를 만난 이후로 나눌 수 있었다. 그만큼 선우는 그녀의 인생에 큰 비중을 차지하게 되었다.

"술 마셨어요?"

"조금 마셨습니다."

"맥주 마실래요?"

"주십시오."

선우는 베란다의 작은 테이블 앞에 앉았고, 마리가 냉장고에서 차가운 캔 맥주 두 개를 가지고 왔다.

깍.

선우는 캔 맥주 두 개를 따서 하나는 마리 앞에 놔주었다.

"오빠는 적응 잘하고 있답니다."

선우가 캔 맥주를 만지작거리면서 먼저 말을 꺼냈다.

마리는 오빠 일은 궁금하지 않았다. 그보다는 자신과 선우 둘만의 얘기를 하고 싶었다.

"언니, SS전자에 이틀 동안 출근하고는 꿈만 같다고 너무 좋아해요. 선우 씨에게 정말 고맙다는 말 꼭 전해달랬어요."

그러면서 마리도 선우처럼 딴 얘기를 했다.

선우는 맥주를 벌컥벌컥 들이켰다.

"크아, 시원합니다!"

마리도 따라서 마시고 맞장구쳤다.

"속이 뻥 뚫리는 거 같아요."

"나 일이 있어서 내일부터 바쁠 겁니다."

선우는 슈트 상의 속에서 구겨진 종이봉투 하나를 꺼내 테이블에 내려놓았다.

"이거… 마리 씨 주려고 샀습니다."

파우치 백을 그냥 주는 게 뭣해서 샤론 가족을 만난 한식당에서 종이봉투 하나를 얻어서 담은 것이다.

"저 주려고요?"

마리가 깜짝 놀라자 선우는 몹시 쑥스러워했다.

"길을 가는데 예뻐서… 아니… 그냥 눈에 띄어서 하나 샀습니다. 부담 갖지 마세요."

마리는 햄버거나 붕어빵이 들어 있으면 딱 어울릴 법한 구겨진 종이봉투와 선우를 번갈아 보면서 얼굴 가득 고마운 표정을 지었다.

선물이 무엇이냐를 떠나서 선우가 그녀를 생각해서 뭔가를 사 왔다는 사실이 고마웠다.

마리는 기대 어린 표정을 지었다. 별것 아닌 것이 들어 있다고 해도 그녀는 훌륭한 리액션을 해줄 만반의 준비가 되어 있었다.

초등학교 때 소풍 가는 전날에도 지금처럼 흥분하지 않았던 것 같다.

"열어봐도 돼요?"

"열어보세요."

종이봉투에서 자주색에 커다란 금색 나비가 도드라지게 그려진 예쁜 파우치 백을 꺼낸 마리는 소스라치게 놀랐다.

"아!"

마리는 종이봉투 안에 든 것이 무엇인지는 몰랐지만 설마 이렇게 예쁜 파우치 백일 줄은 꿈에도 상상하지 못했다.

보는 순간 마음에 꼭 들어서 선물을 받으면 하겠다고 마음 먹은 훌륭한 리액션을 하지 못하고 말았다.

그녀는 파우치 백을 들고서 선우를 바라보았다.

"이거 정말 나 주는 거예요?"

"그렇습니다."

그녀는 길을 걷던 선우가 예쁜 파우치 백을 보고 반사적으로 마리를 떠올려 그녀에게 주려고 그것을 사는 광경을 상상해 보고는 가슴이 떨렸다.

마리는 떨리는 손으로 파우치 백을 쓰다듬으며 이리저리 살펴보았다.

"어쩜 이렇게 예쁠까. 마음에 쏙 들어요."

선우는 빙그레 미소 지었다.

"다행입니다."

마리가 파우치 백을 들고 일어섰다.

"한번 해볼까요?"

"그래요."

선우는 흐뭇한 얼굴로 고개를 끄떡였다.

마리는 샤넬 특유의 금색 긴 줄을 어깨에 걸치고 모델처럼 거실을 걸으며 선우를 바라보았다.

"어때요?"

"잘 어울립니다."

"그래요?"

선우가 기대한 것보다 파우치 백이 마리에게 더 잘 어울리는 것 같았다. 헐렁한 트레이닝복을 입고 있지만 그런 건 문제가 되지 않았다.

마리가 멈춰 서서 선우를 바라보며 조심스러운 표정을 지었다.

"이런 거 비싸죠?"

선우는 두 손을 저었다.

"비싸지 않습니다. 부담 갖지 마세요."

"그래도 꽤 비쌀 텐데……."

마리가 보기에 이렇게 예쁜 손가방은 못해도 5만 원 이상 줬을 것 같았다.

그녀는 파우치 백의 금색 나비 몸통이 그 유명한 샤넬의 브랜드 표시로 돼 있는 걸 보고도 그게 뭔지 몰랐다. 그녀는 샤넬만이 아니라 다른 유명 브랜드도 도통 몰랐다. 그런 데 신경을 써본 적이 없기 때문이다.

선우는 물끄러미 마리를 응시했다. 그저께가 마리 생일이었는데 그가 보기에 생일 케이크는 고사하고 미역국도 먹지 못했을 것 같았다.

선우는 조금 망설이다가 말을 꺼냈다.

"미역국은 먹었습니까?"

"네?"

마리는 눈을 깜빡거리면서 선우를 바라보다가 깜짝 놀랐다.

"내 생일 말이에요?"

"그저께 18일이 마리 씨 생일이었죠?"

"네. 그걸 어떻게……."

"현관 번호 키 비밀번호 보고 짐작했습니다."

"아……."

마리는 샤넬 파우치 백을 쓰다듬었다.

"그럼 이건……."

"늦었지만 생일 선물입니다."

"……."

마리는 우두커니 서서 파우치 백을 쓰다듬며 고개를 숙이고 있었다.

엄마마저도 정신없이 바빠서 그저 전화로만 마리의 생일을 말해주었을 뿐인데 선우의 생일 선물을 받고 마리는 묘한 기분에 사로잡혔다.

선우는 맥주를 마저 마시고 일어섰다.

"가보겠습니다."

마리는 파우치 백을 메고 현관까지 따라 나왔다.

"일 끝나고 언제 와요?"

"모르겠습니다."

구두를 신고 밖으로 나가는 선우에게 마리가 말했다.

"돌아오면 전화하든지 아니면 오늘처럼 벨을 눌러요."

"그러겠습니다."

현관문을 닫기 전에 마리는 행복한 표정으로 메고 있는 파우치 백을 들어 보였다.

"이거 고마워요."

"마리 씨가 좋아하는 모습 보니까 나도 좋습니다."

선우가 자기네 집으로 들어가는 것을 본 뒤 현관문을 닫고 거실로 걸어 들어오던 마리는 가슴이 너무 뛰고 어지러워서 그 자리에 스르르 무너지듯이 주저앉았다.

"아아, 왜 이런 거지?"

한순간 마리는 자기가 아주 몹쓸 병에 걸린 줄 알았다.

몸에서 열이 확확 나면서 힘이 없고 얼굴이 화끈거리며 심장이 미친 듯이 쿵쾅거렸다.

그러고는 폐부 저 밑바닥에서 알 수 없는 그 어떤 뜨거운 것이 솟구쳐 오르고 있는데 그게 무엇인지 무서워서 죽을 지경이다.

마리는 간신히 일어나 비틀거리면서 안방으로 가서 침대에 무너지듯이 누웠다.

그렇게 파우치 백을 가슴에 얹은 채 한참 동안 누워 있던 마리는 그제야 자신이 어떤 상황에 처했는지 깨닫게 되었다.

그녀는 사랑에 빠진 것이다.

그리고 그녀에게 난생처음 불어 닥친 이 열병 같은 뜨거움은 세상에서 '행복'이라고 불리는 것이었다.

"아아······."

마리는 태어나서 처음 행복이라는 것을 온몸으로 느끼면서 세상에 태어난 것이 잘한 일이라는 생각이 들었다.

정각 자정 12시에 선우의 휴대폰으로 문자가 전송됐다.

수신된 문자는 온통 영문으로 이루어졌으며 맨 위 수신인은 'Maddog5'라고 적혀 있었다.

매드독5. 미친개5라는 뜻이다.

로건은 CIA 도그매틱에이전트를 줄여서 도그전트(Doggent)라고 부르는데 그건 '개신사'라는 뜻이라고 했다. 그래서 매드독, 미친개라고 부른다는 것이다.

발신인은 CIA이고 메일의 끝에 패스워드가 첨부되어 있었다.

선우는 컴퓨터를 켰다.

수많은 메일이 와 있는데 그중 2분 전에 도착한 한 통의 메일을 열었다.

수신인은 'Maddog5'. CIA에서 보낸 것이다.

패스워드를 입력하고 메일을 열자 갑자기 수십 장의 사진과 영문 자료가 좌르르 화면에 떴다.

한 시간에 걸쳐서 메일 전문을 다 읽고 난 선우의 표정이 돌덩이처럼 단단하게 굳어졌다.

그는 로건이 어째서 선우더러 CIA 요원이 되라고 애원하다시피 했는지 이제야 알 것 같았다.

골드핑거가 아무리 날고 기어도 일개인이다. 그런 일개인에게 의뢰하기에는 이건 너무 어마어마한 사건이었다.

선우가 이 사건을 해결하느냐 못하느냐를 떠나서 사건 자체만으로도 메가톤급이었다.

7일 전, 미국의 최첨단 기술이 모조리 집약된 '꿈의 구축함'이라고 불리는 '엘모줌왈트함'이 시험 항해 도중에 흔적도 없이 사라져 버린 것이다.

선우에게 주어진 첫 번째 임무는 '엘모줌왈트함'을 찾아내는 일이었다.

선우는 밤새 거의 뜬눈으로 새우면서 CIA에서 보내준 명령 전문과 자료 전체를 읽으면서 분석했다.

참고 사항에는 CIA 서울 지부나 한국 지부를 찾아가면 도움을 받을 수도 있을 거라고 했으나 그럴 생각은 전혀 없다.

선우는 CIA가 자신에게 보내준 자료나 CIA 한국, 서울 지부에서 알고 있는 자료나 대동소이할 거라고 생각했다.

선우로서는 처음에는 막막했다.

시험 항해로 미국 LA를 출발하여 일본 요코스카로 향하던 줌왈트함이 태평양 상에서 증발한 것처럼 느닷없이 사라져 버린 것이다.

줌왈트함이 중국이나 러시아 근처를 지나고 있었다면 그들의 기습 공격에 격침됐다고 볼 수도 있다.

물론 중국이나 러시아가 줌왈트함을 공격할 리는 없겠지만 줌왈트함이 감쪽같이 사라진 지금 그걸 배제할 수는 없었다.

하지만 줌왈트함은 중국에서 3,500㎞ 이상, 러시아 극동 블라디보스토크에서는 4,000㎞ 떨어진 거리를 항해 중이었다.

물론 가능성을 따진다면 중국 해군 북양함대나 러시아 극동함대가 공해상인 태평양까지 진출하지 못하라는 법은 없다.

그렇지만 미국의 수많은 군사위성은 고장 난 채 그냥 대기권 밖에 떠 있는 게 아니다.

중국이나 러시아를 비롯한 전 세계 군사적인 움직임을 실시간으로 촬영하면서 면밀히 파악하고 있으므로 중국이나 러시아, 혹은 다른 나라의 해군 함정이 줌왈트함에 접근하거나 공격을 가하는 것을 놓쳤을 리가 없다.

선우는 우선 줌왈트함에 대해서 공부했다.

줌왈트는 이 구축함의 이름, 즉 선명이 아니라 클래스급(級)을 가리키는 것이다. 이 구축함의 정식 선명은 엘모줌왈트급 구축함 DDG—1000이다. 엘모줌왈트는 미국의 최연소 해군 제독의 이름이다.

줌왈트급 구축함 DDG—1000은 한 척당 건조비가 44억 달러, 한화로 치면 무려 5조 원에 이르는 어마어마한 금액으로 니미츠급 핵 추진 항공모함 한 척을 건조하는 비용과 맞먹는다.

줌왈트급 DDG—1000 한 대 가격이면 중국의 승조원 300명이 탑승하는 8,000톤급 항저우구축함 32척을 건조할 수 있을 정도이다.

DDG—1000의 재원은 배수량 14,645톤, 전장 182.9m, 전폭 24.6m.

무장으로는 사정거리가 무려 185㎞나 되는 AGS 155㎜ 함포 2문인데 그것만으로도 포병 두 개 중대분의 화력 지원이 가능하다.

또한 수직미사일발사관(VLS)을 80셀이나 장착했으며, 토마호크순항미사일, ESSM대공미사일, SM—3요격미사일과 부포 2문을 무장하고 있다.

MH—60R헬기와 수직이착륙무인기를 탑재했으며 장거리 탐색 레이더, 음향탐지기, 적외선탐지기를 지니고 있다.

그렇지만 DDG—1000의 가장 큰 무서움은 레이더와 적외선탐지기, 음향탐지기에 잡히지 않는 스텔스 기능이 있으며 엔진 소음을 차단하는 시스템을 지녔다는 사실이다.

초강대국 미국이라고 해도 44억 달러나 하는 어마어마한 건조 비용 때문에 의회의 강력한 제동으로 줌왈트급 구축함을 세 척만 건조하여 현재 시험 운항을 거의 마쳐가고 있는 중이다.

미국이 이 구축함을 장차 한국에 배치해서 중국과 북한을 견제할 수도 있다는 얘기가 나오고 있는 터라서 주변국, 특히 중국과 북한, 러시아가 바짝 긴장하고 있던 게 사실이다.

미국은 DGG—1000의 실종에 대해서 중국과 러시아를 의심하고 있었다.

북한은 아예 용의선상에 올려놓지도 않았다. 그럴 만한 능력이 없기 때문이다.

선우의 생각도 그렇다. 중국이나 러시아가 아니면 감히 미국을 상대로 그만한 일을 벌일 배짱도 능력도 없다.

그렇지만 작은 요트나 보트도 아니고 무려 14,645톤이나 되는 거대한 덩치의 DDG—1000이 어떻게 흔적도 없이 사라질 수 있다는 말인가.

그런데 어쨌든 사라졌다. 그리고 그걸 찾아내는 것이 선우의 임무, 아니, 의뢰이다.

CIA는 성공 보수로 1,000만 달러를 제시했다. 한화로 약 112억 원쯤 되니 절대로 적은 액수가 아니다.

하지만 CIA는 처음 시작부터 골드핑거를 물로 보는 실수를 저질렀다.

아니면 골드핑거가 DDG—1000을 찾아낼 확률이 희박하다고 예단했을 수도 있다.

그러니까 성공 보수로 1,000만 달러라는 형편없는 금액을 불렀을 것이다.

미국으로서는 성공 보수로 DDG—1000의 건조 비용인 44억 달러를 내놔도 아깝지 않다.

DDG—1000이 중국이나 러시아의 수중에 들어가 은밀한 장소에서 완전히 조각조각 해체되어 연구될 거라는 생각을 한다면 말이다.

선우는 CIA에 성공 보수로 실종된 DDG—1000을 되찾으면 대한민국 해군에 양도하라는 새로운 조건을 제시했다.

이 거래가 이루어지지 않으면 임무를 진행하지 않겠다고 엄포를 놓았다.

내일 아침 9시 이전에 CIA로부터 수락한다는 메일이 도착하지 않는다면 첫 임무는 캔슬이다.

새벽 5시에 휴대폰이 울렸다.

켜보니 CIA에서 보낸 메일인데 성공 보수 'DDG—1000'의 대한민국 해군으로의 무상 양도를 수락한다는 내용이었다.

선우가 건조 비용 44억 달러를 달라고 하든 DDG—1000을 통째로 달라고 하든 CIA, 아니, 미국으로서는 수락할 수밖에 없는 상황이었다.

골드핑거가 실패한다면 성공 보수를 주지 않으면 그만이고, 성공하면 그만한 대가를 치를 가치가 있기 때문이다.

제20장
드림팀

서울 시내 모처의 어느 중식당.

룸에 두 사람이 마주 보고 식사를 하고 있다.

한 명은 국정원 안보수사국장 박중현이고 맞은편에는 당당한 체격에 쭉 찢어진 날카로운 눈초리가 조금 치켜 올라가고 광대뼈가 나온 강파른 인상의 35세 정도의 점퍼 차림 사내가 앉아 있었다.

슥.

사내는 사진 한 장을 요리 그릇 옆에 내려놓있다.

"이자를 찾아주시오."

사내는 요리에는 거의 손을 대지 않고 술도 마시지 않았다.

박중현은 사진을 집어 들고 보다가 눈살을 찌푸렸다.

'골드핑거.'

박중현은 사진을 손에 쥐고 사내를 쳐다보았다.

"이 사람은 왜 찾는 거요?"

사내는 탕수육 하나를 집어 들다가 슬쩍 인상을 썼다.

"북으로 데려가거나 수틀리면 죽일 거요."

박중현은 골드핑거가 장병호를 중국에서 빼돌렸다는 사실을 알고 있다.

그래서 그것 때문에 북에서 이 사내가 직접 온 것이라고 짐작했다.

이 사내와 일행 세 명은 이틀 전에 탈북자들 속에 섞여서 국내에 입국했다.

탈북자들은 중국 동북삼성의 탈북자들을 돕는 대한민국의 단체가 제공하는 은밀한 장소에 중국 공안을 피해 숨어 생활하다가 대한민국으로의 입국이 결정되면 그때부터 기나긴 여정을 떠난다.

동북삼성에서 중국 대륙을 남북으로 종단하여 베트남 국경을 넘은 후에 라오스, 캄보디아의 밀림 지대를 지나거나 혹은 미얀마를 크게 우회하여 태국에 도착하는데 짧게는 열흘에서 길게는 한 달 정도가 소요된다.

중국과 베트남, 라오스, 캄보디아는 공산국가이기 때문에 탈북자들이 경찰이나 군인에게 붙잡히면 무조건 북한 대사관에 인계되었다가 북한으로 송환, 즉 북송되고 만다.

대한민국으로의 입국을 시도하다가 북송된 탈북자들은 거의 전원 처형되거나 정치범 수용소에 보내져 죽을 때까지 개만도 못한 삶을 살게 된다.

공화국을 배신한 반역자들이기 때문이다.

탈북자들을 난민으로 인정해 주는 유일한 국가인 태국에 무사히 도착하면 그곳 경찰서 유치장에서 짧게는 석 달, 길게는 반년까지 대한민국으로 입국할 순서를 기다려야 한다.

그렇게 해서 탈북자들이 중국 동북삼성을 출발하여 대한민국에 입국하는 데 소요되는 시일은 평균 다섯 달이다.

그렇지만 박중현 맞은편에 있는 사내와 일행 세 명은 이틀밖에 걸리지 않았다.

평양에서 고려항공 편으로 태국으로 날아가는 데 하루, 방콕에서 대한민국으로 입국하는 탈북자들 속에 슬며시 섞여 입국하여 국정원에 도착하기까지 하루, 그리고 3일째에는 이렇게 서울 시내로 나와서 버젓이 중식당 룸에 앉아 있었다.

그렇게 입국한 네 명 뒤에는 국정원의 은밀한 조력이 있었기에 그런 말도 안 되는 일이 가능했다.

탈북자들을 대한민국에 입국시키는 일은 순전히 국정원 소관이다.

탈북자들은 국정원에서 일정 기간 동안 조사 과정을 거친 이후 법무부에서 운영하는 하나원이라는 곳으로 넘겨지기에 국정원이 마음만 먹으면 북한 사람을 일개 대대 병력까지도 은밀하게 입국시키는 것이 가능했다.

"수틀린다는 게 뭐요?"

"그 아새끼래 발악을 한다든지 사정이 여의치 않으면 그냥 죽이겠다는 거이지 뭐갔소?"

사내에게서 함경도 사투리가 그냥 튀어나왔다.

"이 작자 찾는 데 얼마나 걸리오?"

국정원 안보수사국 국장인 박중현 앞에서 북한에서 온 공작원이 말도 안 되는 요구를 거침없이 하고 있다.

"내일 숙소로 사람을 보내겠소. 그가 이 사람에 대해서 자세히 알려줄 거요."

그런데도 박중현은 표정 하나 변하지 않고 고분고분했다.

"알갔소."

박중현은 마현가 사람이 아니지만 국정원장 현승원의 오른팔로서 마현가를 돕고 있었다.

그렇게 해서 박중현이 얻는 것은 국정원 안보수사국장보다 세 배 많은 제2의 연봉이다.

박중현은 마현가고 나발이고 그런 거 모른다. 그저 현승원을 조금 도와주면 떼돈을 벌 수 있으니까 그게 마냥 좋았다.

사내가 히죽 웃으며 말했다.

"여자도 보내주시오."

"어떤 여자 말이오?"

사내가 징그러운 웃음소리를 냈다.

"클클, 우린 오래 굶었다는 말이오."

"아……."

박중현이 고개를 끄떡였다.

"여자는 따로 숙소로 보내주겠소."

박중현은 기분이 점차 더러워지는 것 같아서 한시바삐 이 자리를 떠나고 싶었다.

선우는 우선 DDG—1000을 찾아낼 방법을 연구하기로 했다.

초강대국 미국이라면 DDG—1000을 찾기 위해서 별별 방법을 다 사용해 봤을 것이다.

그렇게 하고서도 찾지 못했다는 것이니까 선우로선 미국이 하지 않았을 방법을 사용해야만 한다.

지금은 행동할 때가 아니라 생각할 때였다. 그래서 선우는 미국이 DDG—1000을 찾으려고 사용했을 방법들을 죽 열거해 보고서 하나씩 지워 나갔다.

인공위성에서의 촬영, 실종 해역의 대대적인 수색, 중국과 러시아 국내의 이상 징후 수집, 실종 시간대와 같은 해역을 통과한 선박과 항공기들의 동향 및 증언 청취, 중국과 러시아를 비롯한 인접 국가의 제보 접수 등.

어느 것 하나 소홀하게 다룰 수 없는 것들이다.

선우는 CIA가 보내온 자료들을 면밀하게 검토했다.

자료는 충실했다. CIA, 아니, 미국은 DDG—1000을 되찾기를 간절하게 원하고 있으므로 거짓 자료나 부실한 자료는 보내지 않았을 것이다.

또한 다각도로 해결책을 모색하고 있을 것이다.

미국은 아직 DDG—1000의 실종을 공식적으로 발표하지 않았으므로 모든 조사와 수색은 은밀하게 비밀리에 이루어지고 있는 중일 것이다.

골드핑거가 유명하다고는 하지만 대한민국 국내, 그것도 70%를 연예인 관련 일을 주로 해결했다.

골드핑거가 내세울 만한 것은 장병호 사건과 미얀마 팡룽 공장 인질 사건을 해결한 정도이다.

그런 골드핑거에게 이 사건을 의뢰할 정도라면 미국은 어지간히 똥줄이 탔다.

솔직히 이 사건은 선우 혼자서 해결하는 것은 무리이다.

그래서 종태를 만났다.

종태에겐 선우가 스포그의 도련님이라는 사실을 제외하고는 거의 비밀이 없기 때문에 자신이 CIA의 도그매틱에이젼트가 됐다는 것과 첫 번째 미션이 DDG—1000을 찾는 것이라는 사실을 간략하게 설명해 주었다.

도수 높은 안경을 쓰고 손가락이 뚫린 장갑을 낀 폐인 같은 모습의 종태가 컴퓨터 앞에 앉아서 선우를 쳐다보며 눈을 크게 떴다.

"선우 니가 미친개가 됐다고?"

"그래."

종태는 CIA의 미친개가 무엇인지 잘 알고 있다. CIA뿐만 아니라 영국의 MI6나 이스라엘의 모사드, 러시아의 FSB, 프랑스의 DGSE, 인도의 RAW, 호주의 ASIS, 중국의 국가안전부인 MSS, 심지어 북한의 보위사령부까지 전 세계 첩보, 정보 기관에 대해서 모르는 게 없었다.

하루 종일 컴퓨터 앞에 붙어 앉아서 전 세계 여기저기를 기웃거리는 것이 그의 일과이다.

모르긴 해도 그는 순전히 자신의 호기심을 충족시키기 위한 심심풀이로 전 세계 첩보 기관 메인 컴퓨터를 추호의 흔적도 남기지 않고 제 집처럼 드나들고 있을 것이다.

"미국의 첩보 기관들이 어째서 그렇게 벌집을 쑤셔놓은 것처럼 발칵 뒤집혔는지 궁금했는데 줌왈트 한 척이 실종됐구나? 야아, 이건 정말 특종인데?"

그런 종태도 DDG-1000이 실종된 사실을 모르고 있었으니 미국이 얼마나 쉬쉬하면서 비밀을 지키고 있는지 알 만하다.

선우는 종태가 내미는 햄버거를 받아서 먹기 시작했다.

"너를 미친개로 받아들여서까지 DDG-1000을 찾으려는 걸 보면 어지간히 급한 모양이로구나."

종태는 고개를 끄떡이면서 말을 이었다.

"급하긴 급하겠지. 어휴, DDG-1000이 중국이나 러시아 수중에 들어가 봐라. 그걸로 게임 오버다."

"형이라면 이럴 때 어떻게 하겠어?"

종태도 햄버거를 먹으면서 불분명한 소리로 말했다.

"나라면 이런 상황에 절대로 CIA의 미친개 따윈 되지 않았을 거야."

"일단 미친개가 됐으니까 해결해야지."

"너 정말 DDG-1000을 찾을 생각이니?"

선우는 목이 메어서 콜라를 마시고 나서 고개를 끄떡였다.

"그래. 형이 방법을 생각해 봐."

종태가 안경 너머 눈을 반쯤 떴다.

"얼마 줄래?"

종태에게 공짜란 없다. 그는 선우가 CIA에 성공 보수로 얼마를 받기로 했는지 묻지 않았다. 그건 프로끼리의 지켜야 할 암묵적 룰이다.

"방법이 있겠어?"

"만들어야지."

"성공하면 10억 줄게."

"……."

10억 원을 준다면 선우가 생돈을 써야 할 것이다. 그렇다고 해도 DDG—1000을 찾아서 대한민국 해군에 배치한다면 그야말로 대박이다.

햄버거를 먹던 종태의 동작이 뚝 멈추더니 가느다란 눈이 한껏 커졌다.

"10억 원? 정말이야?"

입에서 씹던 햄버거 부스러기가 줄줄 흘렀다.

"그래."

10억 원이면 종태의 5년 연봉이니까 입에 거품을 물고 놀랄 만도 하다.

"커억! 컥! 콜록콜록……!"

급기야 종태는 먹던 햄버거가 목에 걸려서 격렬하게 기침을 해댔다.

선우는 그에게 콜라를 마시게 하고 등을 두드려 주었다.

"방법이 뭐야?"

종태가 눈물을 찔끔거리면서 대답했다.

"내가 할 수 있는 게 해킹이지 뭐 별거 있겠냐?"

선우는 구체적인 방법에 대해서는 묻지 않았다. 컴퓨터에 관해서라면 종태는 전 세계에서 넘버 5에 꼽힐 것이다.

21세기 현재는 네트워크의 세상이다. 전 세계는 유선, 혹은 무선의 네트워크로 단단하게 결속되어 있다.

그렇기 때문에 종태는 대한민국 서울 자신의 집에 가만히 앉아서 손가락만 움직이고서도 네트워크가 뻗어 있는 곳이라면 어떤 곳이라도 침투할 수 있으며, 그래서 어떤 정보라도 캐낼 수가 있는 것이다.

이제부터 종태는 중국과 러시아의 정부 기관을 비롯한 언론사나 방송국 등 정보를 얻을 수 있는 곳 수백 군데를 해킹하게 될 것이다.

중국이나 러시아가 DDG—1000을 납치하거나 격침시켰다면 어디에라도 흔적이 남아 있을 것이다.

그런 어마어마한 일을 추호의 흔적도 없이 처리할 수는 없기 때문이다.

종태가 할 일은 그걸 찾아내는 것이다.

"넓고 보안이 철저한 사무실과 인력이 필요해."

"몇 명이나?"

"서너 명 정도. 컴퓨터에 대해서 지식이 전혀 없어도 된다.

내가 해킹해서 찾아낸 정보와 자료들을 탐색해서 수상한 것을 찾아낼 인원이 필요하니까 중요한 건 믿을 만한 사람이어야 한다는 거야."

종태가 해킹해서 찾아낸 엄청난 분량의 자료 속에서 DDG-1000에 관한 단서를 발견해야 하는 데 탐색 인원이 필요하다는 것이다.

"알았어. 구해볼게."

선우는 스포그 사람을 제외하고 주위에 믿을 만한 사람을 생각해 보았다.

파라다이스맨션에 사는 사람들이나 의뢰로 만난 사람들을 제외하면 믿을 만한 사람이 이종무와 종로경찰서의 천형욱 형사 정도가 전부이다.

두 사람은 강력계 형사지만 휴가 같은 걸 내면 될 것이다.

본업이 중요하지만 이건 그것보다 훨씬 중요한 일이다.

그렇지만 그들이 이런 일을 하려고 할지 의문이었다.

이종무는 근무 중에 아내의 급한 연락을 받고 짬을 내서 집에 잠시 들어왔다.

전화로 무슨 급한 일이냐고 물으니 아내는 내용은 말하지 않고 무조건 일단 들어와 보라고만 했다.

"음, 얼마나 올려달라는 거야?"

아내의 말인즉 아까 오전에 이종무네가 전세로 살고 있는 아파트 주인집의 전화를 받았는데 느닷없이 전세금을 올려달라고 요구했다는 것이다.

원래는 아담한 체구에 조용하고 예쁜 용모였으나 이종무와 결혼하고 나서 몸 고생 마음고생 두루 한 탓에 꾀죄죄한 몰골이 돼버린 아내 연정애가 한숨을 푹 쉬면서 대답했다.

"휴우, 5천이야."

"뭐? 우리가 5천이 어디 있어?"

이종무는 어이가 없다는 듯 펄쩍 뛰었다.

이종무네는 노원구 공릉동에서 25평 아파트를 2억 2천에 전세로 살고 있다.

전세는 2년마다 재계약을 하는데 지난번에는 전세금을 올리지 않고 2억 2천에 그냥 2년 동안 살았다.

요즘 서울 전세값이 천정부지로 치솟는다고 연일 방송이나 신문에서 떠들어대고 있어서 이종무네도 가슴을 졸이고 있었는데 아닌 게 아니라 갑자기 날벼락이 떨어졌다.

이종무는 벌컥 화를 냈다.

"주인 그거 순 날강도 아냐? 1~2천도 아니고 갑자기 5천이나 올리면 우리더러 어떡하라는 거야?"

연정애가 착잡한 얼굴로 중얼거렸다.

"요즘 이 근처 우리 평수 정도면 죄다 2억 7~8천이야. 3억

가는 데도 있어. 주인이 심한 거 아냐."

"……."

이종무는 말문이 막혔다. 연정애 말대로라면 이종무네는 지난 2년 동안 싸게 살았던 것이다.

연정애가 걱정의 더께가 켜켜이 쌓인 얼굴로 이종무를 바라보며 말했다.

"자기야, 어디서 돈 구할 데 없어?"

연정애는 여간해서는 이종무에게 돈 얘기 같은 건 하지 않는다.

지금 살고 있는 전세금 2억 2천도 다 연정애가 마련한 것이다.

형사 박봉에 딸 둘 키우면서 언제 돈을 모아서 2억 2천을 마련했겠는가. 모르긴 해도 그중에 절반쯤은 연정애가 친정에서 빌려오거나 도움을 받았을 것이다.

이종무는 그렇게 짐작하면서도 모른 체하고 있었고, 연정애는 지금껏 그런 얘기는 일체 하지 않았다.

그런 연정애가 이종무에게 돈 얘기를 꺼낸 걸 보면 이번에는 정말 힘든가 보다.

"음……."

이종무는 자신이 아는 사람들을 머릿속에 줄 열거해 보았으나 곧 고개를 가로저었다.

중학교, 고등학교 동창들은 안 만난 지 오래돼서 연락처도 제대로 모르고 지금 아는 사람은 경찰들뿐인데 다들 박봉이긴 마찬가지라서 어느 누구 하나 손을 내밀 사람이 없다.

부모님은 돌아가셨고 동생이 둘 있는데 둘 다 먹고살기 빠듯해서 돈 얘기는 꺼낼 엄두도 못 낸다.

"아, 정말 돌겠네."

이종무는 속이 타서 물만 벌컥벌컥 마셨다.

연정애는 남편의 그런 모습을 보고 속이 새카맣게 타들어가서 입술을 잘근잘근 깨물었다.

남편은 가족 먹여 살리느라 쉬는 날도 없이 나가서 일하는데 자기는 내조조차 제대로 하지 못하는 것 같아서 온몸의 피가 말랐다.

"흑!"

갑자기 연정애가 두 손으로 얼굴을 가리며 참았던 울음을 와락 터뜨렸다.

이종무는 움찔 놀라서 연정애를 쳐다보았다.

작지만 강한 아내가 울고 있다. 가난한 살림에 시부모를 극진하게 모시다가 두 분 다 하늘나라로 보내 드릴 때 두 번 통곡한 것 말고는 울지 않던 아내가 지금 서럽게 펑펑 오열하고 있었다.

이종무는 심장이 조각조각 찢어지는 것만 같았다. 우는 연정애를 보면서 자신이 지지리도 못난 놈이라는 생각이 들었다. 이종무 하나 보고 시집와서 단 하루도 돈 걱정하지 않고 마음 편하게 살지 못한 연정애다.

"혜린 엄마……."

"우욱, 욱! 미안해요, 여보. 내가 힘이 없어서……."

이종무는 가슴이 콱 미어져서 더 이상 연정애를 위로할 엄두도 내지 못했다.

선우의 전화가 온 것은 바로 그때였다.

"아, 선우야."

이종무는 착잡한 심정으로 전화를 받았다.

─형님, 지금 만날 수 있습니까?

문득 이종무는 선우에게 돈을 빌려볼까 하는 생각이 들었다가 금세 쓴웃음을 지었다.

그가 알기로 선우도 한남동 어디에서 월세를 살고 있다는데 그런 그가 무슨 돈이 있겠는가.

더구나 한참이나 나이가 어린 동생 같은 놈에게 돈을 빌린다는 자체가 웃기는 일이다.

그런 생각까지 하니 어쩌다가 내가 이런 신세가 됐는지 오장육부에 온통 소금을 뿌린 것 같은 기분이다.

"휴우, 알았다."

─형님, 무슨 일 있습니까?

이종무가 자신도 모르게 한숨을 길게 내쉬는 것을 선우가 지나칠 리 없다.

"아, 아니다. 어디에서 만날까?"

―제가 댁 근처로 가겠습니다.

이종무는 시계를 봤다. 벌써 오후 5시 20분이다. 경찰서에 가면 퇴근 시간이 지날 것이다.

오늘은 그냥 경찰서에 전화 한 통 해주고 이대로 퇴근을 해야겠다고 마음먹었다.

"집으로 와라."

―알겠습니다. 혜린이하고 수린이 집에 있습니까?

"응, 곧 학원에서 올 거다."

―지금 가겠습니다. 30분쯤 걸릴 겁니다.

이종무는 선우가 무슨 일로 만나자고 하는 것인지는 그다지 궁금하지 않았다.

오늘은 그저 답답한 마음에 선우하고 술이나 한잔하고 싶을 뿐이었다.

선우는 이종무의 두 딸 혜린이와 수린이, 그리고 연정애의 선물까지 알뜰하게 챙겨서 한 보따리 안고 환하게 웃으면서 현관으로 들어섰다.

선우는 몇 번 이종무네 집에 와서 저녁밥을 같이 먹기도 했기 때문에 가족들하고 친했다.

특히 세 여자, 즉 연정애와 두 딸은 선우라면 껌뻑 죽을 정도로 좋아했다.

선우는 초등학교 5학년과 3학년인 혜린과 수린에게 올 때마다 책을 선물했고 오늘도 어김없이 10권 이상의 책 선물을 해서 아이들을 기쁘게 만들었다. 아이들은 선우 덕분에 독서 취미가 생겼다.

연정애에게는 화사한 원피스를 선물했다. 오늘이 네 번째인가 방문인데 그는 올 때마다 연정애에게 옷을 선물로 주었다.

옷에 대해서 잘 모르는 이종무가 봤을 때에도 선우가 갖고 온 옷은 꽤 세련되고 비쌀 것 같은데 선우는 한사코 시장에서 샀다고 둘러댔다.

그렇지만 이종무는 선우가 연정애에게 넌지시 '형님에겐 비밀입니다'라고 하는 말을 들은 적이 없었다.

연정애가 이종무에게 시집온 지 14년 동안 누려본 사치라면 선우가 선물한 네 벌의 옷을 받은 것이 전부라고 할 수 있었다.

그렇지만 그녀는 그 옷들을 아직 한 번도 밖에 입고 나간 적이 없었다.

우선 입고 갈 만한 곳이 없기 때문이고, 너무 고급 브랜드라서 자신이 입기에 어색하기도 하고, 또 때가 타거나 닳을까 염려스러운 여러 가지 이유 때문이다.

그래도 연정애는 이따금 옷장에 걸려 있는 네 벌의 옷을 보면서 큰 위로를 얻기도 했다.

연정애가 저녁상을 차리는 동안 선우는 아이들과 한바탕 신바람 나게 놀아주었다.

전세금 5천만 원 때문에 우울하던 이종무 부부는 선우가 오는 바람에 잠시나마 기분이 좋아졌다.

혜린이와 수린이가 자기들 방으로 들어간 후 선우와 이종무 부부는 식탁에 둘러앉아 술을 마셨다.

술자리가 어느 정도 무르익어서야 이종무는 선우가 만나자고 했던 말이 생각났다.

"그런데 너, 나한테 뭐 할 말 있니?"

"아, 그거요?"

선우는 표정을 바꾸지 않고 웃으면서 말했다.

"형님, 부업 안 하시겠습니까?"

"부업?"

돈이 궁한 이종무 부부는 동시에 선우를 쳐다보았다.

"경찰서에 며칠 휴가 내고 제가 하는 일 좀 도와주면 됩니다."

"무슨 일인데?"

"컴퓨터로 뭐 좀 찾아야 하고 일이 진척되면 저하고 같이 외국에 갈 수도 있습니다."

이종무는 손을 저었다.

"야, 나 컴맹이야."

"상관없습니다. 어떻게 하는지 방법을 알려 드릴 테니까 컴퓨터 앞에 앉아서 탐색만 하면 됩니다."

"선우 너, 나 알잖아. 그 일, 내가 할 수 있는 거야?"

"물론입니다."

"그럼 왜 굳이 나한테 일을 시키려고 하냐? 찾아보면 그만한 일 할 사람 많잖아?"

선우는 빙그레 미소 지었다.

"이 일은 전문성보다는 비밀을 요합니다. 그래서 믿을 수 있는 사람이 필요한 겁니다. 그런데 제가 믿을 수 있는 사람이 형님밖에 없더군요."

이종무는 내키지 않는 표정을 지었다. 하지만 매사에 빈틈이 없으며 자신에게 많은 도움을 준 선우의 부탁이라서 딱 잘라서 거절하지 못했다.

"며칠이나 해야 하는 건데?"

"짧으면 열흘, 길면 한 달입니다. 하여튼 찾고자 하는 걸 찾을 때까지입니다."

"그렇게 오래?"

이종무는 손을 내저었다.

"나 그렇게 오래 휴가 못 내. 휴가 신청 하면 아마 이번 기회에 아예 사표 쓰고 푹 쉬라 그럴 거다."

선우는 소주를 입안에 털어 넣고 잠시 골똘히 생각하다가 입을 열었다.

"형님, 반드시 대한민국 경찰에 몸 바쳐서 헌신해야 할 사명 같은 게 있습니까?"

이종무는 무슨 소리냐는 듯 선우를 쳐다보았다.

"얘가 잘 먹여놓으니까 무슨 헛소리를 하는 거야? 얌마, 니가 보기엔 내가 그런 충신으로 보이냐?"

"그럼 무엇 때문에 경찰에 있는 겁니까?"

"무엇 때문이긴, 그 잘난 쥐꼬리 받으려고 새빠지게 붙어 있는 거지. 너 지금 나 약 올리는 거냐?"

선우는 빙긋 미소 지었다.

"그럼 경찰 그만두는 건 어떻습니까?"

"뭐?"

이종무는 턱 떨어진 것 같은 표정을 지었고, 연정애는 깜짝 놀랐다.

이종무는 선우의 표정이 농담하는 것 같지는 않아서 곧 진지한 표정을 지었다.

"니 얘기 심각하게 받아들여야 하는 거냐?"

"그러십시오."

이종무는 선우의 나이가 어리다고 절대로 얕잡아 보거나 무시하지 않았다.

아니, 오히려 자기 같은 사람 열 명쯤 모아야 선우 흉내라도 낼 수 있을 거라고 생각했다.

"좋아, 다시 묻겠다. 그럼 나 형사 노릇 그만두면 무슨 일을 하는 거냐?"

분위기가 가라앉았다.

"그건 비밀입니다."

이종무는 선우가 나쁜 일을 할 거라고는 생각하지 않는다. 이종무가 지금껏 반년 동안 봐온 선우는 바른생활 사나이 그 자체였다.

"너하고 같이 일하는 거냐?"

"그렇습니다."

선우는 이종무 같은 사람을 측근으로 두면 좋을 거라고 전부터 생각했는데 지금이 그 기회였다.

이종무가 고개를 갸웃거렸다.

"나는 너처럼 재주가 뛰어나지 못해."

"저는 형님의 능력을 누구보다 잘 압니다. 뛰어난 육감과 추진력, 그리고 포기할 줄 모르는 끈기, 남다른 정의감 같은 거 말입니다."

이종무는 입맛을 다셨다.

"형사로서의 내 단점만 콕콕 집는구나."

"저는 그게 필요합니다."

이제 가장 중요한 페이를 얘기할 때다. 아무리 형님 동생하는 사이라도 공과 사는 분명해야 한다.

"얼마 줄 거냐?"

선우는 딱 잘라서 말했다.

"세금 공제하고 실수령액으로 연봉 1억 5천, 보너스 800%, 4대 보험, 혜린이 수린이 대학까지 학비 지원하고 아파트와 차량 지원하겠습니다."

"……."

어마어마하다. 이종무는 평생 살아도 그런 대우는 받아보지 못할 것이다.

연봉, 그것도 세금 공제한 실수령액이 1억 5천이면 지금 받는 연봉의 세 배가 넘는다.

이종무는 선우의 빈 잔에 소주를 붓다가 정신이 나가서 계속 술을 부었다.

연정애는 선우가 농담하는 건데 남편이 거기에 너무 민감하게 반응하는 것 같아 배시시 미소 지었다.

"여보, 술 넘쳐요."

그녀는 선우가 제시한 어마어마한 대우가 자기네 같은 박복한 사람들한테 굴러들어 올 리가 없다고 생각했다. 그래서 선우가 농담을 하는 거라고 믿었다.

"어……."

그렇지만 이종무는 선우가 농담 같은 거 좋아하지 않는다는 걸 잘 알기에 연정애하고는 생각이 달랐다.

이종무는 그 어느 때보다도 진지한 표정을 지으면서 자세까지 똑바로 했다.

"너, 방금 한 말 정말이냐?"

"그렇습니다."

탁!

이종무가 소주병을 내려놓았다.

"방금 그 정도 대우는 국내 굴지의 대기업이 능력자를 스카우트할 때 제시하는 수준인데?"

"형님이 허락하시면 내일부터 형님은 대기업 사원이 되는 겁니다."

이종무는 머리가 복잡한 표정을 지었다.

"만능술사 일은 아닌 것 같은데… 너, 무슨 일 하는지 똑바로 말해라."

"일단 이거 하나는 말씀드릴 수 있습니다."

선우는 지갑에서 명함 하나를 꺼내 이종무에게 내밀었다.

"현재 제 직업 중의 하나입니다."

명함에는 '스팍스어패럴 한국 지사 디자인 팀 총괄 실장 이정후'라고 금박으로 새겨져 있었다.

이종무는 지금껏 살아오면서 이렇게 고급스러운 명함은 처음 받아보았다.

"……."

이종무는 또 말을 잃어버렸다. 스팍스어패럴은 너무 유명해서 모른다면 간첩이다. 그런데 선우가 그곳 디자인 팀 총괄 실장이라는 것이다.

연정애가 그의 손에서 명함을 빼서 읽어보더니 눈이 휘둥그레졌다.

선우가 진지하게 말했다.

"형님을 스팍스어패럴 한국 지사 디자인 팀 수석 디자이너로 스카우트하겠습니다."

연정애가 지린 듯한 표정으로 명함과 선우의 얼굴을 번갈아 쳐다보았다.

그녀는 이제야 비로소 깨닫게 되었다. 그동안 선우가 선물해 준 네 벌의 최고급 브랜드인 스팍스가 그의 회사 제품이었다는 사실을.

이종무는 또 확인했다.

"이거 진짜냐?"

그런데 연정애가 떨리는 목소리로 대신 대답했다.

"진짜예요, 여보."

그러면서 그녀는 그동안 선우가 선물한 옷 네 벌에 대해 설명해 주었다.

선우는 빙그레 웃었다.

"물론 형님이 할 일은 스팍스어패럴에서 디자인을 하는 게 아닙니다. 직함은 수석 디자이너로 하고 일은 저하고 같이 하면 됩니다."

"하아……!"

이종무는 도무지 믿어지지 않는지 한숨을 길게 내쉬었다.

선우가 소주잔을 내밀었다.

"자, 한잔하시고 마음을 가라앉히세요."

"야, 너 같으면 지금 마음이 가라앉겠냐?"

이종무가 큰 소리를 치자 연정애가 깜짝 놀랐다.

"여보, 상사한테 그렇게 큰 소리 치면 어떻게 해요?"

"어?"

선우가 빙그레 웃었다.

"형님은 평소처럼 저한테 큰 소리 치셔도 됩니다."

이종무는 연정애가 쥐고 있는 명함을 가리켰다.

"그런데 저기엔 네 이름이 '이정후'라고 돼 있는데 그게 네 본명이냐?"

"아닙니다. 제 본명은 형님이 알고 계신 강선우입니다. 말하자면 이정후는 제2의 신분입니다."

"주민등록상의 신분이냐?"

"그렇습니다."

"그럼 넌 주민등록이 두 개냐?"

"그런 셈이죠."

이종무가 고개를 갸웃거렸다.

"어떻게 그게 가능한 거지?"

선우는 대답하지 않고 미소만 지었다.

연정애는 조금 전에 선우가 제시한 조건이 농담이 아니라는 사실을 깨닫고 거의 제정신이 아니다.

그중에서도 아파트를 제공하겠다는 조건이 그녀의 머릿속에 대못처럼 깊이 박혔다.

"삼촌."

연정애가 조심스럽게 입을 열었다.

"네, 형수님."

"아파트를 주신다는 거… 사실인가요?"

"그렇습니다. 회사 근처 아파트가 될 겁니다."

연정애가 눈을 반짝였다.

"회사가 어딘데요?"

이종무가 아는 체를 했다.

"스팍스빌딩은 테헤란로에 있지?"

강남뿐만 아니라 서울 시내 지리는 꿰고 있는 이종무다.

"그렇습니다, 형님."

연정애는 두 손을 가슴 앞에 기도하듯이 모았다.

"삼촌, 그럼 우리 강남으로 이사하는 건가요?"

선우가 고개를 끄떡였다.

"그렇습니다, 형수님."

"아아, 거긴 전세값이 엄청 비쌀 텐데."

"모든 비용은 회사에서 대는 거니까 그런 걱정은 하지 마십시오. 형님께서 직장을 그만두지 않는 한 그곳에서 계속 사실 수 있습니다, 형수님."

연정애는 뜨거운 눈빛으로 이종무를 쳐다보았다. 그녀의 눈빛은 '여보, 당신 거기 그만두면 내 손에 죽을 줄 알아요'라고 협박하고 있었다.

선우는 휴대폰으로 어딘가와 통화를 했다. 스팍스어패럴 총무과에 뭔가 알아보고 나서 전화를 끊었다.

"마침 논현동에 회사 명의의 빈 아파트가 있다는군요."

연정애는 꿈을 꾸는 듯한 표정으로 선우를 바라보았다.

"그래요?"

"45평이라는데 괜찮겠습니까?"

"45평이나……."

"비어 있으니까 언제든지 이사하시면 됩니다."

"여보……."

연정애는 간절한 표정으로 이종무를 바라보았다. 문제는 이종무가 아직 선우의 제의를 수락하지 않았다는 사실이다.

그는 굳은 얼굴로 잠시 동안 선우를 응시하다가 이윽고 고개를 끄떡였다.

"알았다. 제의를 받아들이겠다."

"고맙습니다, 형님."

선우는 또 한 명의 믿을 수 있는 사람인 종로경찰서 강력계 형사 천형욱에게도 이종무와 똑같은 제의를 했다.

그런데 뜻밖에도 천형욱은 선우의 제의를 정중하게 거절했다. 얼마 남지 않은 정년퇴직 때까지 조용히 경찰에 있다가 은퇴하고 싶다는 게 이유였다.

그 대신 천형욱은 자신의 형사 파트너인 선녀라는 여형사를 선우에게 보냈다.

선녀라면 성격은 좀 괴팍하지만 일 하나는 똑 부러지게 하고 목에 칼이 들어와도 비밀을 지킬 거라고 천형욱이 힘주어서 보증을 섰다.

부모님과 같은 집에서 살고 있는 선녀는 혼자 힘으로 독립하기를 간절하게 원했는데 아파트와 차량, 거기에다 고소득을 보장한다는 말에 두말하지 않고 선우 팀에 합류했다.

그녀는 깐깐한 신세대답게 테헤란로의 스팍스빌딩까지 들

이닥쳐서 총무과에서 선우, 즉 이정후의 신원과 직함을 확인하고 디자인 팀 사람들에게 선우의 사진을 보여주면서 그가 실장이 맞느냐고 확인하는 치밀함을 보였다.

스팍스빌딩.

28층 전체를 사용하는 디자인 팀 총괄실에 선우와 이종무, 선녀 세 사람이 들어섰다.

직원들이 자리에 앉아 일하면서 선우에게 손을 들어 보이거나 고개를 까딱거리며 알은척을 했다.

"안녕하세요, 실장님?"

"요즘 자주 뵙네요, 실장님?"

선우의 뒤를 따르고 있는 이종무와 선녀는 굳은 듯 어리둥절한 표정이다.

선우는 100평쯤 되는 총괄실 한가운데에서 걸음을 멈췄다.

"자, 모두 주목하세요!"

모든 직원이 일을 멈추고 선우를 주목했다.

선우는 자신의 양쪽에 서 있는 이종무와 선녀의 어깨에 손을 얹고 소개했다.

"여기 두 분은 새로 영입한 수석 디자이너입니다! 나하고 함께 내 사무실에서 일하게 될 겁니다!"

선우는 두 사람에게 부드러운 미소를 지으며 말했다.

"인사하세요."

강남경찰서 강력계 형사 노릇 13년 차 이종무는 산전수전 다 겪어봤지만 이런 경우는 처음이다.

그는 선우가 자기소개를 하라고 할 줄은 예상하지 못했기에 크게 당황했다.

그는 차렷 자세를 하고 우렁차게 외쳤다.

"안녕하십니까? 이종무입니다! 앞으로 잘 부탁합니다!"

쩌렁쩌렁한 목소리에 직원들이 깜짝 놀랐다가 '와아!' 하고 웃음을 터뜨리더니 우레와 같은 박수를 보냈다.

선녀 역시 긴장하기는 마찬가지였다. 그러나 그녀는 이종무가 하는 걸 봤기 때문에 그대로 따라서 했다.

"안녕하십니까? 천선녀입니다! 앞으로 잘해봅시다!"

여자이면서도 청바지에 청재킷을 입은 강단 있는 모습과 카랑카랑한 쇳소리 음성에 직원들은 이번에도 웃음을 터뜨리며 박수를 쳤다.

선우는 어색함으로 얼굴이 붉어진 두 사람을 데리고 총괄 실장실로 들어갔다.

총괄 실장실 문을 열고 들어가면 안쪽에 또 하나의 문이 있는데 입구의 데스크에 여비서가 앉아 있다가 발딱 일어나서 미소 지었다.

"어서 오세요, 실장님."

선우는 고개를 끄떡이며 또 하나의 문을 열고 들어갔다.

척!

50평 정도 크기인 총괄 실장실 한복판에는 커다란 최고급의 소파와 회의용 테이블, 최신식 컴퓨터 시스템이 놓여 있고, 왼쪽에는 총괄 실장의 책상이, 오른쪽에는 양쪽에 두 개의 커다란 책상이 놓여 있었다.

선우가 두 개의 책상을 가리켰다.

"저기가 두 분 자리입니다. 비서에게 준비시켰는데 필요한 게 있는지 확인해 보세요."

이종무와 선녀는 책상 쪽으로 걸어갔다.

갑자기 선녀가 빠른 걸음으로 가더니 왼쪽 책상 앞 의자에 앉았다.

"여긴 내가 쓸게요. 이의 없죠?"

이종무는 고개를 끄떡이고 오른쪽 책상으로 걸어갔다.

선녀가 먼저 찜한 책상은 왼쪽 구석에 있으며 오른쪽과 뒤쪽이 통유리로 이루어져 시야가 탁 트였다.

반면에 옆으로 10m쯤 거리의 이종무 책상은 뒤쪽만 통유리이고 왼쪽은 그냥 벽이었다.

각자의 자리에는 최고급 책상과 의자, 대형 화면의 컴퓨터, 전화기, 디자인에 필요한 별도의 책상과 도구들, 개인용 자인 소파와 소형 냉장고 등이 두루 갖추어져 있었다.

그때 문이 열리고 총무과 여직원이 들어섰다.

"실장님."

그런데 총무과 여직원이 서진영이다. 그녀는 선우를 발견하고 반갑게 소리쳤다.

"서진영 씨."

"별일 없으셨어요, 실장님?"

지사장 아들이 서진영에게 말도 안 되는 행패를 부리다가 선우에게 맞은 이후 서진영은 밤에 잠이 오지 않을 정도로 선우를 걱정했다.

"그럼요. 별일 없었으니까 염려하지 마세요."

"그렇지만 전 지금도 조마조마해요. 지사장님께서 언제 실장님을 부르실지 모르잖아요."

"그런 일 없을 겁니다. 서진영 씨, 새로 입사하신 분들 때문에 온 겁니까?"

선우가 주위를 환기시키자 서진영은 갖고 온 두 개의 작은 박스를 들어 보였다.

"네. 이거 전해 드리려고요."

이종무와 선녀는 서진영이 준 각자의 박스를 열어보았다.

박스 안에는 두 사람의 전자 사원증과 명함, 자동차 키, 아파트 키 등 회사 생활에 필요한 물품들이 들어 있었다.

선우는 이종무와 선녀의 인적 사항과 서류 등을 미리 총무과에 팩스로 넣어주었다.

서진영이 나간 후 선우는 두 사람을 소파로 불렀다.

"두 분에게 말씀드릴 게 있습니다."

여비서가 들어와 그윽한 원두커피를 세 사람 앞에 내려놓고 나갔다.

선우는 커피 한 모금을 마시고 말문을 열었다.

"두 분이 지금부터 할 일에 대한 얘기입니다."

이종무와 선녀는 적잖이 긴장했다.

"먼저 드릴 말씀은……."

선우는 자신이 CIA 도그매틱에이전트라는 사실을 밝혔다. 그게 순서일 것 같았다.

그래야지만 DDG-1000의 실종 사건과 그것을 찾아야 하는 일을 설명할 수 있기 때문이다.

커피를 마시던 이종무는 커피를 바지에 쏟았고 선녀는 입으로 뿜었다.

"누가? 니가?"

이종무는 이제 더 이상 놀랄 게 없다고 생각했다가 또다시 뒤통수를 맞았다.

"그렇습니다."

"니가 CIA 요원이란 말이야?"

이종무는 다시 확인했다.

"그렇습니다."

선녀는 커피가 엎질러지는지도 모르고 잔이 부서질 듯 내려놓고 벌떡 일어서서 벌컥 소리쳤다.

"당신, 도대체 뭐 하는 사람이야?"

선우에 대해서 이종무만큼 알지 못하는 선녀로서는 당연한 반응이다.

사실 이종무도 선우에 대해서 모르기는 선녀와 마찬가지였다. 다만 그는 선우를, 그리고 선우가 하는 일을 믿을 뿐이다. 그게 선녀와 다른 점이었다.

선녀가 일어선 채 따지듯 딱딱거리면서 물었다.

"만능술사 골드핑거에다가 스팍스어패럴 디자인 총괄 팀장이라고 해서 사람 놀라게 만들더니 이제는 뭐? CIA 요원이라고? 도대체 어디까지 사기를 칠 셈이야?"

그래도 선우는 담담했다.

"선녀 씨가 이만한 일에 그런 반응을 보인다면 같이 일 못 합니다. 앞으로 놀랄 일이 훨씬 더 많으니까요."

"그래도 그렇지, 이건……."

선우가 문을 턱으로 가리켰다.

"마음에 들지 않으면 지금이라도 늦지 않았으니까 저 문으로 나가면 됩니다."

"……."

"나갈 게 아니라면 앉아요."

선녀는 '끙' 하고 신음 소리를 내더니 앉았다. 그렇지만 하고 싶은 말은 하고 넘어갔다.

"나 처음부터 당신이라는 사람이 마음에 안 들었어. 당신 밑에서 일하긴 하겠지만 당신을 진심으로 믿고 따를 거라는 기대는 하지 말아줘."

"얘기 계속하겠습니다."

선우는 선녀의 말 따위는 신경도 쓰지 않았다.

DDG—1000에 대해서 설명을 들은 이종무와 선녀는 기절할 정도로 경악했다.

이번에도 선녀는 그냥 넘어가지 않았다.

"당신, 지금 소설 쓰고 있는 거야? 그런 거라면 하나도 재미없어. 정말이야. 그 소설 개죽 쑬 거야."

반면에 이종무는 아까 선우가 CIA 요원이라고 말했을 때보다 더 진지해졌다.

"그거 중국 손에 들어가면 큰일이겠구나."

그는 선우의 말을 액면 그대로 믿었다.

"그렇습니다."

"찾을 수 있겠니?"

"해봐야죠."

선녀는 식은 커피를 홀짝거리면서 코웃음 쳤다.

"이 양반들, 죽이 척척 잘 맞는군그래."

그런데도 선우와 이종무는 DDG—1000에 대해서 진지하게 대화를 나누었다.

"너, 프리랜서 CIA 요원이라면서?"

"그렇습니다."

"그럼 DDG—1000을 찾아주면 CIA한테서 의뢰비 같은 거 받는 거니?"

"당연하죠."

"얼마나 받는데?"

이 대목에서는 선녀도 궁금한 얼굴로 선우를 바라보았다.

"배값 정도는 받아야죠."

"배값이 얼만데?"

"44억 달러입니다."

"44억……."

선녀가 또 한 번 발작했다.

"미친… 44억 달러면 한화로 5조가 넘어. CIA가 의뢰비로 당신한테 5조 원을 준다는 말을 나더러 믿으라는 거야? 내가 처음부터 알아봤다니까. 이건 순……."

그때 이종무가 점잖게 선녀를 꾸짖었다.

"이봐, 아가씨. 정도껏 하지 그래?"

선녀가 발끈했다.

"내가 뭘 어쨌다고요?"

이종무가 허리를 펴고 정색했다.

"마음에 들지 않으면 이 친구 말마따나 그냥 조용히 떠나라구. 그게 아니라면 구구로 입 닥치고 그냥 가만히 있어. 알아들어? 아무리 수염 안 나는 여자라지만 듣자 하니 너무 헤프게 떠드는군?"

"헤, 헤프게?"

"형욱 형님은 어쩌자고 이런 철딱서니 없는 아가씨를 소개한 거야? 참나……."

이종무가 천형욱을 '형욱 형님'이라고 부르자 선녀는 신음 소리를 내더니 그때부터는 잠자코 가만히 있었다.

이종무가 하던 얘기를 계속했다.

"그래서 설마 의뢰비로 44억 달러를 달라고 한 거니?"

"아닙니다. 배를 달라고 했습니다."

"배? DDG-1000이라는 거를?"

"네."

이종무와 선녀가 똑같이 어이없다는 표정을 지었다.

"그걸 뭐 하게?"

선우는 빙그레 미소 지었다.

"대한민국 해군에 정식으로 양도하라고 했더니 그러겠다고 약속했습니다."

"대한민국 해군에?"

두 사람은 말을 잃고 턱 빠진 개처럼 멍하니 선우를 바라보기만 했다.

한참이 지나서야 이종무가 겨우 정신을 차리고 엄지손가락을 치켜세웠다.

"야, 선우 너, 좀 멋있는 거 같다?"

선우가 씨익 웃었다.

"대한민국에 그런 거 한 대 딱 있으면 주변국들이 함부로 껄떡거리지 못할 겁니다."

"그렇지만 중국에서 생난리를 칠 텐데?"

"상관없습니다."

"대통령이 거부하면?"

"대한민국 국방력이 강해지는 건데 설마 대통령이 반대하겠습니까?"

"그렇겠지?"

그때 선우의 여비서가 들어왔다.

"실장님, 지사장님께서 부르십니다."

선우는 지사장이 자기를 부르지 않기를 바랐다.

업무상으로 그가 부를 일이 없었다. 디자인 팀의 보고라든지 업무 회의 같은 것들은 전적으로 상무이사와 전무이사가 전담하고 있었다.

그러니까 지사장이 선우를 부른다면 사적인 일뿐이다. 개망나니 아들 일이 분명한 것 같았다.

"잠깐 기다리십시오."

선우는 이종무와 선녀에게 말하고 밖으로 나갔다.

"지사장님, 이정후 실장님 오셨습니다."

"들여보내."

지사장 여비서가 문을 열어주었다.

"들어가세요."

척!

선우는 지사장실 안으로 성큼성큼 걸어 들어갔다.

아니나 다를까, 소파에는 지사장 아들이 다리를 꼬고 앉아서 들어서는 선우를 경멸하듯이 쳐다보고 있었다. '넌 이제 죽었다'라고 하는 표정이다.

지사장은 저만치에서 골프 퍼팅 연습을 하느라 들어서는 선우를 쳐다보지도 않았다.

선우는 지사장이 업무적으로 자신을 부른 게 아니라는 사실을 최종 확인 했다.

탁.

지사장은 선우가 온 것을 뻔히 알면서도 퍼팅 연습을 계속했다. 노골적인 무시다.

권위 의식에 젖은 상사들은 가끔 이런 식으로 아랫사람을 긴장하게 만든다.

그렇지만 선우는 참을성 있게 기다렸다. 그래도 여기에서는 그가 지사장이고 자신은 아랫사람이니까 최대한 본분을 다하려는 것이다.

지사장 아들은 건들거리면서 키득키득 웃었고, 지사장은 묵묵히 퍼팅 연습을 했다.

매우 크고 넓으며 화려한 지사장실 안에는 퍼팅하는 소리만 자늑자늑 들릴 뿐이다.

"자네, 해외 지사에 나가야겠어."

지사장은 5분쯤 더 퍼팅 연습을 하고 나서야 퍼터를 이리저리 흔들면서 선우에게 말했다.

선우는 정중하게 물었다.

"무슨 말씀이십니까?"

"말 그대로야. 인도네시아 지사가 어렵다고 하니까 거기 가서 영업하는 걸 좀 돕게."

개가 웃을 일이다. 디자인 팀 총괄 실장에게 해외 지사에 가서 영업을 도우라고 한다.

그것도 생산 라인만 있고 매장은 자카르타에 겨우 두 개뿐인 곳에 말이다.

이건 좌천도 형편없는 좌천이다. 지사장이 이런 식으로 나올 때는 사표 쓰고 나가라는 뜻이다.

선우는 정중하게 항의했다.

"이유가 뭡니까?"

지사장은 선우의 진짜 신분을 모른다. 윗선에 조금 든든한 백이 있어서 어린 나이에 낙하산으로 디자인 팀 총괄 실장이 된 것으로만 알고 있었다.

그렇지만 자신이 자르려고 한다거나 좌천을 시키려고 마음먹으면 충분히 그럴 수 있을 것이라고 판단했다.

말 그대로 그는 자신이 스팍스어패럴 한국 지사의 왕이라고 굳게 믿었다.

그는 자신의 파워에 대해서 자신하고 있었다. 스팍스어패럴이 아니라 그 위 스포그라는 거대한 공룡의 일원이기 때문이다. 비록 방계 혈족이지만 말이다.

지사장은 정색하면서 퍼터로 선우를 가리켰다.

"말했잖은가. 인도네시아 지사가 상황이 어렵다고 말이야. 가라면 갈 것이지 무슨 말이 그렇게 많나?"

선우는 정중히 부탁했다.

"재고해 주십시오. 저는 디자인은 잘 알아도 영업에 대해서는 모릅니다."

"이미 결정 난 일이야."

선우는 솔직하게 밀고 나갔다.

"아드님이 여직원의 머리채를 잡고 희롱하는 걸 제가 그냥 보고만 있어야 했습니까?"

"이자식이?"

딱!

지사장은 퍼터를 신경질적으로 바닥에 내려쳐서 두 동강으로 부러뜨렸다.

"맞아! 보고만 있었어야지!"

선우는 결국 지사장의 수염을 잡아당겼다. 지사장이 노한 얼굴로 선우를 쏘아보았다.

"네놈이 뭔데 내 아들을 때려! 엉? 그러고도 살아남길 바란 거야? 네가 때린 사람이 내 아들이라는 사실을 알았으면 뒤늦게라도 찾아와서 용서를 빌었어야지! 안 그래? 아니, 용서를 빌 일이 아냐! 절대로 용서 못 해!"

선우는 지사장 아들을 쳐다보았다.

지사장 아들은 노골적으로 히죽거렸다.

"그러니까 함부로 깝죽거리지 말아야지, 짜샤."

선우는 잠시 생각에 잠겼다.

아들이 잘못을 했으면 부모가 엄하게 꾸짖고 다시는 그런 일이 일어나지 않도록 만들어야 하는데 이건 개망나니 아들이나 아비나 한 치의 차이도 없이 똑같다.

저런 성품의 지사장이라면 하나를 보면 열을 알 수 있다. 죽은 가지는 쳐내야 한다.

저런 기생충이 있으면 나뭇가지가 썩기 시작하고 언젠가는 나무 전체가 죽을 것이다.

선우는 지사장 아들에게 천천히 걸어갔다.

저벅저벅.

아들이 손을 내저으며 거만한 표정을 지었다.

"아아, 이제 와서 무릎 꿇고 빈다고 해도 어쩔 수가 없어. 배는 이미 항구를 떠났거든?"

아들은 선우가 잘못했다고 싹싹 빌 줄 알았다.

척!

"윽!"

그런데 선우는 손을 뻗어 아들의 멱살을 잡고 천천히 일으켜 세웠다.

"끄으으, 너… 이 새끼, 이거 못 놔?"

아들은 버둥거리면서 주먹을 휘둘렀지만 선우가 팔을 쭉 뻗었기 때문에 몸에 닿지 않았다.

지사장이 버럭 화를 냈다.

"너 이 새끼! 그 손 놓지 못하겠느냐!"

선우는 아들의 뺨을 후려갈겼다.

철썩!

"왁!"

아주 살살 때렸지만 아들의 얼굴이 홱 돌아가고 이빨 몇 개가 부러졌다.

짜악!

"커헉!"

손등으로 한 대 더 후려쳤다. 이번에도 이빨과 함께 코뼈가 부러졌다.

"이노옴!"

지사장이 부러진 퍼터를 머리 위로 치켜들고 선우에게 저돌적으로 달려들었다.

선우는 슬쩍 손을 뻗어 지사장 주위의 공기를 압축시켜 그가 꼼짝도 하지 못하도록 만들었다.

쩌엉!

"으으……."

지사장은 온몸이 보이지 않는 밧줄에 묶인 것처럼 꼼짝도 하지 못하고 끙끙 소리를 냈다.

선우는 따귀 두 대에 기절해 버린 아들을 소파에 팽개치듯이 내려놓고는 지사장을 풀어주었다.

"윽!"

지사장이 바닥에 털퍼덕 주저앉았다.

선우는 리모컨을 집어 들어 대형 벽걸이 TV를 켰다.

그러고는 지사장도 모르는 비밀 채널에 맞추고 패스워드를 입력했다.

치이이.

TV에 잠시 노이즈가 생기는가 싶더니 커다란 책상 앞에 앉아 있는 한 사람의 모습이 나타났다.

바닥에 주저앉아서 끙끙거리고 있던 지사장은 TV 화면에 나타난 사람을 발견하고는 목에 커다란 가시가 걸린 듯한 소리를 냈다.

"억!"

화면에 나타난 사람은 신강가 팔대호신가의 가주인 동시에 팔대이사 중 한 명이고 신강가의 집사인 성신그룹 총수 오진훈이었다.

팔대호신가에도 서열이 있다. 그중에서 오진훈이 속한 오위가(吳衛家)가 1위이다.

오위가는 신강가의 도련님을 최측근에서 호위하는 가문이기 때문이다.

그때 화면 속의 오진훈이 벌떡 일어나서 공손히 허리를 굽히며 인사했다.

―도련님을 뵈옵니다.

TV 전용 채널을 작동하면 지사장실과 오진훈이 있는 곳의 카메라가 쌍방 촬영을 시작한다.

지사장은 오진훈과 선우를 번갈아 쳐다보면서 얼굴이 아예 사색이 되었다.

오진훈이 일어선 자세로 공손하게 말했다.

—무슨 일이십니까, 도련님?

지사장은 오진훈이 두 번씩이나 선우를 '도련님'이라고 부르는 소리를 듣고서야 비로소 선우가 누군지 깨달았다. 그러나 너무 늦었다.

"흐으으, 이럴 수가……"

선우는 씁쓸한 표정을 지으며 지사장을 가리켰다.

"이 사람 축출하세요."

오진훈은 무엇 때문이냐고 묻지 않았다.

—그렇게 하겠습니다, 도련님.

지사장은 얼른 무릎을 꿇고 선우를 향해 머리를 조아리며 흐느껴 울었다.

"자, 잘못했습니다, 도련님. 소인이 하늘을 알아보지 못하고 죽을죄를 졌습니다. 부디 용서하십시오. 용서해 주시면 목숨을 바쳐 충성하겠습니다, 크흐흑!"

"배는 이미 항구를 떠났습니다."

선우는 아까 개망나니 아들이 한 말을 들려주고는 성큼성큼 걸어서 방을 나갔다.

축출은 팔대호신가에서 쫓겨나 평범한 보통의 대한민국 소시민이 되는 것을 말한다.

축출. 스팍스어패럴의 한국 지사장 정홍기는 팔대호신가 정(鄭) 씨 정수가(鄭樹家)의 방계 혈족으로서의 모든 지위와 능력이 한순간에 박탈된다.

뿐만 아니라 재산도 몰수될 것이며, 가장 무서운 것은 그가 팔대호신가 정수가의 일원으로 살아온 지난날의 모든 기억이 깡그리 지워질 것이라는 사실이다. 그는 자신이 어떤 존재였는지도 모르게 될 것이다.

지사장 정홍기는 흐느낌과 뉘우침을 그치지 않았다.

"크흐흐흑! 잘못했습니다. 용서하십시오, 도련님."

오진훈은 바닥에 주저앉아 몸부림치는 정홍기를 물끄러미 응시하다가 TV를 껐다.

정홍기는 선우에게 따귀 두 대를 맞고 이빨과 코뼈가 부러진 아들이 소파에 기절해 있는 가운데 오랫동안 흐느낌을 멈추지 않았다.

총무과의 서진영은 디자인 총괄 실장 이정후가 지사장실에 불려갔다는 말을 전해 듣고 절망에 빠졌다.

그때부터 서진영은 일도 하지 못하고 책상에 엎드려 소리 죽여 울기만 했다.

이정후 실장이 지사장실에 불려간 이유는 보나마나 뻔했다.

그녀는 울면서 이정후 실장이 당하게 될 불이익에 대해서 온갖 상상을 다 했다.

선우는 이종무, 선녀를 데리고 엘리베이터를 탔다.

"이제 일하러 가야죠?"

이종무가 고개를 끄떡였다.

"우리가 DDG—1000을 찾을 수 있을까?"

"찾아야지요."

딩동~

—지하 4층입니다.

선우가 엘리베이터에서 내리며 말했다.

"형님 차로 가죠."

"내 차?"

"차 키를 눌러보세요."

이종무는 아까 받은 차 키를 꺼내 지하 주차장을 두리번거리면서 눌렀다.

삐링~

멀지 않은 곳에서 어떤 차의 비상등이 깜빡거렸다.

이종무는 이끌리듯이 그곳으로 걸어갔다.

잠시 후 그는 조금 전에 경광등이 반짝거렸다고 믿는 어느 차 앞에 서서 두리번거렸다.

자신의 바로 앞에는 대한민국, 아니, 전 세계 남자들의 로망이라고 불리는 스포츠 세단 마르스M555가 육중하고도 늘씬하게 서 있었다.

하지만 이종무는 진한 커피색의 시가 4억 5천짜리 마르스M555가 자신의 차일 거라고는 터럭만큼도 생각하지 않았다.

그래서 그 옆에 주차해 있는 차들을 둘러보는데 그것들도 하나같이 벤츠, BMW, 마세라티 같은 것들이다.

그것들은 마르스보다는 한 급 아래지만 그래도 고급 차종이라서 그는 연신 두리번거리며 자신에게 어울리는 적당한 차를 찾고 있는 중이다.

"어디 있는 거야?"

주위에 평범한 국산차는 한 대도 보이지 않았다.

"다시 한번 눌러보세요."

이종무는 선우의 말을 듣기로 했다. 선우가 이종무의 차종까지 알고 있지는 않을 것이다.

삐링~

"우왓!"

그런데 이종무가 서 있는 바로 앞의 마르스M555가 경광등을 번쩍이면서 소리를 내자 그는 소스라치게 놀랐다.

그는 자신이 쥐고 있는 차 키와 마르스M555를 번갈아 쳐다보면서 뭔가 잘못된 거 아닌가 하는 표정을 지었다.

선우가 미소 지으며 고개를 끄떡였다.

"이 차가 형님에게 지급된 차량인 것 같군요."

"아… 이거……."

이종무는 선우가 느닷없이 집에 찾아와 부업을 해보지 않겠느냐고 말을 꺼낸 이후 가장 크게 놀라서 무슨 말을 해야 할지 몰랐다.

이종무도 남자다. 이 세상 모든 남자가 꿈에도 그리는 마르스M555 같은 근사한 차는 소유하는 것이 아니라 그저 한번 몰아보는 것이 소원일 정도였다.

그러나 그는 자신의 운으로는 죽을 때까지 그 차를 소유하지 못할 거라고 진작 포기했다.

마르스M555는 돈이 있다고 살 수 있는 차가 아니다. 그 정도라면 전 세계 남자들의 로망이라고 말할 수 없다. 최고의 차량만 제작하는 독일의 루카펠릭스사에서 일 년에 딱 100대만 한정 제작 하여 판매하는 명차 중의 명차이다.

그래서 지금 마르스M555를 신청하면 최소한 50년 이상을 기다려야 하기 때문에 다음 생애에서나 받아볼 수 있는 차로도 유명했다.

6,000cc에 트윈터보 12기통 750마력의 어마어마한 파워, 제로백 2.7초, 최고 속도 350㎞/h를 자랑하는 몬스터이다.

그런데 지금 그 차가 이종무 앞에 있으며, 선우의 말로는 그게 그의 차라고 하는 것이다.

사실 마르스M555를 제작하는 루카펠릭스사는 스포그 산하의 자동차 회사이다.

그 덕분에 스포그 고급 간부들은 마르스M555나 또 다른 명차인 마르스Z556을 어렵지 않게 탈 수 있었다.

선우가 차를 가리켰다.

"타서 확인해 보십시오. 아마 형님 이름으로 차량 등록을 했고 보험도 들어놨을 겁니다."

"선우야, 나는……."

이종무는 절대로 눈물이 흔한 사람이 아닌데 지금은 그냥 울고 싶었다.

선녀는 몹시 긴장한 표정으로 자신의 차 키를 쥐고 자세히 살펴보았다.

이종무는 차 키를 살펴보지 않았지만 선녀는 뒤늦게 차 키를 보고 차량을 확인하려는 것이다.

"이, 이런 빌어먹을……."

그러고는 자신의 차량이 무엇인지 확인한 선녀의 입에서 욕설이 흘러나왔다.

그녀는 주위를 두리번거리다가 10m가량 떨어진 곳에 주차되어 있는 차량으로 걸어갔다.

그녀의 얼굴이 극도의 흥분과 격동으로 물들었다.

"으으, 마르스Z556이라니… 돌아버리겠다."

마르스Z556 역시 루카펠릭스사에서 제작한 차량으로 마르스M555와 다른 것이 있다면 SUV 차량이라는 점이다.

가격이나 성능은 둘 다 비슷하고 돈 주고도 살 수 없다는 점도 같다.

차에 타서 차량 등록증과 보험 증서를 확인하고 차에서 내린 이종무는 꿈인지 생시인지 모를 표정으로 마르스M555를 몇 바퀴나 돌면서 꼼꼼하게 살펴보았다.

"내 차로 가요! 지구 끝까지 모실게요! 우핫핫핫!"

선녀가 어느새 마르스Z556에 타서 시동을 걸더니 운전석 창밖으로 고개를 내밀고 호기롭게 소리쳤다.

부와앙! 부왕! 바드드등!

마르스 특유의 거친 배기 음이 지하 주차장을 먹먹하게 울렸다.

이종무는 선우 앞에 서서 그의 두 손을 힘껏 잡았다.

아무 말도 하지 않았지만 선우는 이종무의 마음이 어떤지 짐작할 수 있었다.

제21장
남파 공작원

　선녀는 차로 5분이면 갈 수 있는 거리를 20분이나 걸려서 도착했다.

　그것도 선우가 그만 빙빙 돌고 갈 길을 가자고 한마디 해서야 겨우 말을 들었다.

　선녀의 운전 실력은 원래 무척 터프한데 그녀에게 마르스 Z556 핸들을 잡게 해주었으니 탱크 한 대가 거리를 무법천지로 짓밟고 돌아다니는 것 같았다.

　선우 일행은 테헤라로 끄트머리에 있는 20층 오피스텔 15층으로 올라갔다.

엘리베이터에서 선우는 미리 종태에게 지금 올라간다고 문자를 보냈다.

선우가 굳게 닫힌 문 앞에서 벨을 누르자 잠시 후 종태가 문을 열어주었다.

철컥!

이종무를 본 종태가 반갑게 외치며 손을 잡아끌었다.

"형님, 어서 오십시오!"

"어, 종태 아닌가?"

선우에게 아무 말도 듣지 못한 이종무는 종태를 발견하곤 반가운 표정을 지었다.

대형 평형의 오피스텔에는 모든 것이 완벽하게 갖추어져 있기 때문에 선우 일행은 그곳에서 숙식을 하며 작업에 전념할 수 있었다.

오피스텔에서 가장 큰 방에 꾸민 작업실에는 문을 제외한 삼면 벽에 'ㄷ' 자 형태로 책상과 컴퓨터 10여 대, 여러 전산 시스템, 그리고 대형 벽걸이 TV 등이 설치되어 있었다.

이종무와 선녀는 종태에게서 자신들이 할 일에 대해서 설명을 듣고 곧장 작업에 들어갔다.

지금은 한 사람이라도 더 필요하기 때문에 선우도 컴퓨터 앞에 앉아 함께 탐색을 도왔다.

＊　　　　＊　　　　＊

정장 차림의 낯선 사내 네 명이 스팍스어패럴 본사 앞에 나타나서 얼쩡거렸다.

정장이 매우 어색해 보이는 네 명의 사내는 빌딩으로 들어가려다가 경비에게 제지당하자 멀찍이 떨어진 곳에서 입구를 기웃거렸다.

그들 중 한 명이 광대뼈가 튀어나온 강한 인상의 사내에게 속삭이듯 말했다.

"상위 동지, 건물에 들어갈 수가 없으니 어쩌면 좋습까?"

'상위'는 북한 인민군 중위와 대위 사이의 계급이다.

이들의 지휘자인 '상위 동지'라고 불린 사내가 급히 주위를 두리번거렸다.

오가는 행인들이 많지만 다행히 방금 그 말을 듣지는 못한 것 같았다.

"말조심하라우. 너래 날 기케 부르지 말라고 몇 번이나 말해야 알아듣갔니?"

"그럼 뭐라고 부름까?"

"기냥 박 형이라고 부르라우."

"알갔슴다."

"박 형."

"또 왜 그러니?"

"저 건물에 들어갈 수 없으니끼니 어쩌면 좋으냐고 고대 묻지 않았슴까?"

상위 박영평은 잔뜩 찌푸린 얼굴로 건물을 쏘아보다가 저만치 도로를 턱으로 가리켰다.

"가서 국정원 에미나이한테 물어보라우."

"알갔슴다."

부하로 보이는 사내가 도로변에 서 있는 승용차를 향해 부리나케 달려갔다.

그는 승용차 운전석 창을 손으로 두드렸다.

스르르.

창문이 열리더니 국정원 흑색 요원 B—d3 우주희의 조금 짜증스러운 얼굴이 나타났다.

"뭐죠?"

사내는 스팍스 본사를 가리켰다.

"저 건물에 들어갈 수가 없으이 어카면 좋소?"

우주희가 미간을 좁혔다.

"지금 실행할 건가요?"

"들어가서리 그 아새끼래 눈에 띄면 즉각 실행할 거이오."

우주희는 운전석 옆 콘솔 박스를 열고 네 개의 신분증을 사내에게 내밀었다.

"그걸 목에 걸어요."

사내가 신분증을 들고 이리저리 살폈다.

"이거이 뭐이요?"

우주회가 조금 짜증스럽게 말했다.

"저 회사 사원증이에요. 그걸 목에 걸고 경비에게 보여주면 빌딩에 들어갈 수 있을 거예요."

사내가 고개를 갸웃거렸다.

"사원증은 뭐이고 경비… 빌딩은 또 뭐이요?"

우주회는 짜증이 확 났다. 그녀가 보기에 이들은 북한에서 남파된 간첩이 분명했다.

더구나 이들은 골드핑거를 죽이러 왔다는 것이다. 그런데도 그녀는 직속 상사의 명령으로 이들을 안내하는 역할을 맡았기 때문에 머릿속이 복잡했다.

우주회는 경찰대학 선배 이종무와 함께 술 마시러 한식당 '서럽'에 갔을 때 우연히 골드핑거를 만났다.

그때 이종무는 골드핑거가 어떤 사람인지 간략하게 설명을 해주었다.

만능술사로서 많은 사람을 돕는데 이종무 자신에겐 천사 같은 존재라고 했다.

그리고 요즘 연예계 대세라는 아이돌 미라클 샤론네 가족이 요트를 타고 바다에 나갔다가 요트가 뒤집혀 바닷속을 표류하고 있는 것을 어떤 영웅이 구했는데 이종무의 말에 의하면 그게 골드핑거라는 것이다.

그걸 증명이라도 하듯이 그날 우주희는 한식당 서림에서 미라클 샤론이 골드핑거에게 안겨서 펑펑 우는 것을 바로 눈앞에서 목격했다.

그런데 그 골드핑거를 북한에서 남파된 간첩들이 죽이려는데 그걸 우주희가 안내하고 있는 것이다.

우주희는 국정원 흑색 요원으로 그녀의 직속 상사인 B—d그룹을 지휘하는 유닛 팀장의 명령에 따라서 이들을 안내하고 있는 중이다.

B—d그룹 유닛 팀장은 국정원 안보수사국 박중현 국장에게 충성하고 있는데 우주희는 그 이유가 돈 때문인 것으로 알고 있다.

그리고 우주희 본인도 유닛 팀장에게 한 달에 500만 원 정도 별도의 용돈을 받아왔다. 그 돈으로 우주희는 매우 풍족한 생활을 누리고 있는 중이다.

우주희는 이따금 직속 상사 유닛 팀장의 지시로 국정원 일이 아닌 과외의 일들을 처리해 준 적이 있는데 그 대가로 매월 500만 원씩 받아온 것이라고 생각했다.

그런데 아무리 생각해 봐도 이건 아닌 것 같았다. 지금까지는 조금 불법이다 싶어도 매월 500만 원 받는 것 때문에 눈 질끈 감고 처리했는데, 북한 간첩이 사람을 죽이는 걸 돕는 것은 도를 넘어섰다.

그것도 존경하는 선배 이종무가 진심으로 존경하는 천사 같은 존재 골드핑거를 암살하는 것을 말이다.

그렇지 않아도 머릿속이 복잡한데 이 비쩍 마른, 한눈에도 북한 공작원처럼 보이는 이 사내가 우주희 속을 뒤집고 있다.

우주희는 발끈 화를 냈다.

"사원증도 몰라요?"

확!

순간 사내가 창 안으로 손을 불쑥 집어넣더니 커다란 손으로 우주희의 머리를 덥석 움켜잡았다.

"이 쌍간나 에미나이래 누구한테 화를 내는 기야? 너 죽어 보갔네?"

우주희는 재빨리 손을 뻗어 사내의 팔을 잡고 비틀었다.

우둑!

"억!"

사내의 다른 손이 재빨리 품속으로 들어갔다. 권총을 뽑으려는 것이다.

그러나 그보다 빨리 우주희가 품속의 권총 벨트에서 권총을 뽑아 사내의 배를 찔렀다.

그녀는 한 손으로는 사내의 팔을 비틀고 다른 손의 권총으로 배를 쿡쿡 찌르며 눈을 치떴다.

"죽을래?"

"어, 어……."

사내는 팔이 부러지는 듯한 고통에 얼굴을 일그러뜨렸다.

우주희는 네 명의 사내, 아니, 북한에서 남파된 공작원들이 스팍스빌딩 안으로 들어가는 것을 차에서 지켜보았다.

만약 빌딩 안에 골드핑거가 있다면 저 네 명의 사내에 의해서 죽게 될 것이다.

'내가 지금 무슨 짓을 하고 있는 거지?'

한 달에 500만 원씩 받는 검은돈 때문에 반역을 하고 있는 것이다.

북한을 돕는 일은 이유가 어찌 됐든 무조건 국가에 대한 반역 행위이다.

골드핑거는 얄미운 사내지만 죽게 내버려 둘 수는 없었다. 그가 죽는다면 우주희는 반역 행위를 완성하게 된다.

이종무의 휴대폰이 울렸다.

그러나 이종무는 책상 위에 놓인 휴대폰을 힐끗 보고는 하던 일을 계속했다.

부우우우.

조용한 작업실 안에서 책상에 놓인 휴대폰이 울리는 소리는 꽤나 시끄러웠다.

그렇지만 선우와 종태, 이종무, 선녀는 미동도 하지 않고 작업에만 열중했다.

선우가 조용히 말했다.

"형님, 전화 받으세요."

"괜찮다."

이종무는 전화한 사람이 우주희라는 것을 보았지만 받지 않아도 된다고 생각했다.

선우가 미소 지었다.

"이 작업은 단시일에 할 수 있는 게 아니라 끈기가 필요합니다. 사생활을 다 반납하면서까지 하지 않아도 되니까 오는 전화는 받으세요."

이종무는 마지못해 휴대폰을 집어 들었다. 엄청난 대우를 받으면서 이 일을 하고 있는 이상 전력 그 이상을 다해야 한다는 것이 그의 생각이다. 그래서 우주희에게 나중에 통화하자고 말하려 했다.

"주희야."

―선배, 골드핑거가 위험해요.

그런데 우주희의 목소리가 매우 진지했으며 첫마디가 심상

치 않았다. 더구나 선우가 위험하다고 말했다.

"무슨 일이냐?"

―북한에서 온 남파 공작원이 골드핑거를 죽이려고 지금 스팍스빌딩 안으로 들어갔어요! 당장 그에게 전화해서 피하라고 하세요!

"……."

이종무의 표정이 확 굳었다.

"그게 사실이냐?"

―제가 북한 공작원들을 스팍스빌딩까지 안내하고 스팍스 어패럴 사원증까지 그들에게 주었어요.

"무슨 소리야?"

―자세한 건 나중에 설명할 테니까 당장 골드핑거한테 피하라고 전하세요! 어서!

이종무가 놀란 얼굴로 자신을 쳐다보자 통화 내용을 다 들은 선우가 손을 내밀었다.

"바꿔주십시오."

"선우야, 주희가……."

"다 들었습니다."

"어?"

이종무는 휴대폰을 선우에게 건넸다.

―선배님, 시간이 없어요! 어서 피하라고…….

"주희 씨, 골드핑거입니다. 나는 괜찮습니다."

―아……!

"나는 지금 회사에 없습니다. 종무 형님하고 밖에서 볼일 보고 있습니다."

―휴우, 그래요?

우주희가 안도하는 기색이 선우에게 전해졌다.

"어떻게 된 겁니까?"

―뭐… 가 말이죠?

우주희는 조금 당황했다.

"북한 공작원에게 어째서 국정원 직원인 우주희 씨가 스파 스어패럴 사원증을 전해준 것이고 그들이 나를 죽이려는 데 안내한 겁니까?"

뚝.

그런데 전화가 끊어졌다.

"우주희 씨!"

선우가 급히 불렀지만 대답이 없다.

이종무와 종태, 선녀는 하던 일을 멈추고 심각한 표정을 짓고 있는 선우를 쳐다보았다.

이종무가 굳은 얼굴로 말했다.

"주희는 국정원 직원인데 걔기 널 죽이려는 북한 공삭원을 안내했다는 게 말이 되냐?"

선우는 굳은 얼굴로 생각에 잠겼다.

종태와 선녀가 놀라서 외쳤다.

"북한 공작원이면 간첩 아냐? 간첩이 선우 널 뭣 때문에 죽이려는 거야?"

"그게 무슨 소리예요?"

그때 선우가 들고 있는 이종무 휴대폰이 다시 울렸다.

발신자 표시가 없다.

"여보세요."

―우주희예요. 공중전화로 거는 거예요.

우주희다.

선우는 우주희가 자신의 휴대폰이 도청될지 몰라서 공중전화를 사용하는 거라고 짐작했다.

도청은 국정원의 기본이지만 북한 공작원을 안내하는 사적이면서도 지극히 비밀스러운 일에까지 도청을 할지는 모르는 일이다.

우주희는 이미 자신의 휴대폰으로 이종무에게 전화해서 선우가 위험하다고 알려주었다. 도청의 위험을 무릅쓰고 전화한 것이다.

―나는 우리 팀장 명령에 따른 거예요.

"팀장이 누굽니까?"

―흑색 요원 B―d팀 유닛 팀장이고 이름은 차진호예요.

"자세히 말해보세요."

우주희는 일이 기왕지사 이렇게 된 것 골드핑거에게 속일 게 없다는 생각에 자신이 알고 있는 것들을 설명했다.

"우주희 씨, 지금 어딥니까?"

─스팍스 본사 앞에 있어요.

"내가 그쪽으로 가겠습니다."

─오지 마세요. 당신이 사무실에 없는 걸 알게 되면 그들은 다시 나올 거예요. 그들과 마주치면 위험해요.

"지금부터 내가 시키는 대로 하세요. 지금 우주희 씨를 감시하고 있는 자가 있을지 모릅니다. 그자를 떨어뜨리세요."

중요한 일에는 보통 국정원 직원 세 명이 한 개 조로 움직이는 것이 기본이다.

그렇지만 우주희는 북한 공작원을 안내하는 일이 흑색 요원 한 조가 동원될 정도로 중요하지는 않을 거라고 생각했다.

더구나 감시라니, 그녀는 이 일 때문에 동료가 자신을 감시할 거라고는 믿지 않았다.

─감시 같은 건 없을 거예요.

"확인했습니까?"

─확인하진 않았지만······.

"그렇다면 내 말대로 하세요."

─왜 내가 당신 말에 따라야 하는 거죠?

선우는 일어나면서 이종무에게 따라오라는 신호를 보냈다.

"우주희 씨, 감시가 있다고 생각해서 확인하는 것이 나쁠 건 없잖습니까?"

이종무가 일어서려는데 선녀가 발딱 일어나서 이종무에게 앉으라는 제스처를 취했다.

"내가 갈게요."

선우는 작업실을 나와 다른 방 캐비닛 다이얼을 돌려 번호를 맞추었다.

"우주희 씨가 이쪽으로 전화한 걸 국정원에서 도청했을 수도 있습니다."

—……

척—

선우는 캐비닛을 열고 안에서 권총 홀더에 꽂혀 있는 권총 한 자루를 꺼내 선녀에게 건넸다.

"어?"

선녀는 홀더에 꽂혀 있는 큼직한 권총을 뽑으면서 눈에서 광기를 번뜩였다.

"이런, 젠장. 이건 최신형 베레타APX잖아?"

선우가 오피스텔 문을 열고 나갔다.

"지금 가고 있습니다. 우주희 씨가 감시를 떨어뜨리든 말든 10분 후에 그 근처 베네치아라는 카페에서 만납시다."

선우는 일방적으로 통화를 끊고 나서 이종무 휴대폰에서 위치 추적 기능을 해제하고 배터리를 뽑아 분리하여 주머니에 넣었다.

우주희는 동료들이 자신을 감시하고 있을지도 모른다는 선우의 말을 믿지 않았다.

그러나 선우가 만나자고 약속한 장소인 카페 베네치아를 찾으려고 거리 뒤쪽 길을 두리번거리다가 어이없게도 누군가 자신을 감시하고 있다는 사실을 알아차렸다.

'이게 뭐야?'

북한 공작원이나 안내하는 별것 아닌 일에 감시를 붙이다니 어이가 없었다.

더구나 그녀는 국정원 요원 생활을 한 지 2년 동안 감시를 당하기는 지금이 처음이다.

골목으로 들어가서 모퉁이를 몇 번이나 꼬불꼬불 돌고 일부러 어떤 건물 화장실에 들어갔다가 나오면서 확인해 봤지만 틀림없는 감시였다.

그녀를 감시하는 사내는 처음 보는 얼굴이라서 동료라고 할 수가 없다.

그렇지만 마치 감시자가 아닌 것처럼 저만치에서 지나쳐 가는 그자의 모습은 국정원 요원이 틀림없었다.

국정원 요원, 특히 사냥개에게서는 냄새가 난다. 코로 맡아지지 않지만 눈으로 보이는 냄새다.

지금과 같은 상황에서 국정원이 아니면 그녀를 감시할 조직이 없다.

타타탁탁탁탁!

"하아아, 하아!"

우주희는 꼬불꼬불한 골목길을 수십 번도 더 꺾으면서 전력으로 내달렸다.

새벽이나 밤늦게 중랑천 강변에서 조깅을 수시로 한 덕분에 달리기는 자신이 있지만 전력 달리기는 숨이 차다. 허파가 터질 것 같고 심장이 발작할 정도로 두근거렸다.

휙!

그러고는 빌딩과 빌딩 사이의 1m 남짓한 틈 속으로 재빨리 숨어들었다.

"하아악, 하악!"

좁은 틈새에 들어가 허리를 굽히고 가쁜 숨을 몰아쉬었다. 그녀는 이 정도면 감시자를 떨어뜨렸을 것이라고 확신했다.

그렇게 3분쯤 지났다. 틈새 앞으로 몇몇 사람이 떼 지어서 지나갔지만 샐러리맨이나 오피스걸들이다. 감시자는 보이지 않았다. 떨군 게 틀림없었다.

"……!"

그런데 문득 그녀는 뒤통수에 뭔가 닿는 것을 느꼈다.

"돌아보지 마라."

쇠끼리 긁는 듯한 나직한 목소리가 그녀의 뒷덜미를 섬뜩하게 핥았다.

우주희는 온몸이 바싹 오그라들었다. 그녀는 자신의 뒤통수에 닿은 것이 권총이라고 생각했다.

슥.

뒤에 있는 자가 손을 뻗어 그녀의 허리를 더듬더니 상의 속으로 파고들었다.

그러고는 위쪽으로 기어올라 가슴에 차고 있는 권총 홀더를 어루만졌다.

그러는 과정에 사내는 그녀의 풍만한 유방을 슬쩍 쓰다듬고는 한 번 움켜쥐었다.

우주희의 몸이 움찔했다.

'나쁜 새끼.'

이건 성추행이다. 그렇지만 우주희는 경직된 몸을 움직이지 못하고 사내가 유방을 만지고 나서 홀더에서 권총을 뽑아가도록 우두커니 서 있기만 했다.

"천천히 걸어서 밖으로 나가라. 서툰 짓 해도 좋다. 곧장 지승으로 가고 싶다면 말이야."

우주희는 주춤거리면서 걸음을 옮겼다.

별별 생각이 다 떠올랐다. 이대로 국정원에 끌려가면 어떻게 될 것인가?

정식으로 절차를 밟는다면 그녀로서도 할 말이 많지만 그녀에겐 그런 기회가 주어지지 않을 것이다.

문제가 발생하면 복잡해진다. 그녀는 배신행위를 하다가 발각된 것으로 처리될 수도 있었다.

국정원 내부의 썩은 조직의 지시를 받고 북한 공작원을 안내하다가 그들이 암살하려고 하는 골드핑거에게 그 사실을 알렸기 때문에 배신행위이다.

그게 아니라 그냥 국정원의 잣대를 갖다 대고 북한 공작원과 접촉을 하고 그들을 도왔으므로 배신행위다. 이래저래 다걸린다. 코에 걸면 코걸이고 귀에 걸면 귀걸이다.

지금과 같은 경우 그녀는 흔적조차 남기지 않고 말소될 것이 분명했다.

국정원에는 속칭 '하청업자'라고 불리는 조직이 있다. 국정원에 개입된 여러 지저분한 일을 묵묵히, 그리고 깨끗하게 해치우는 자들이다.

모르긴 해도 우주희는 하청업자에게 넘겨져 죽임을 당하고 시체조차 보존하지 못할 것이다.

가족들에게는 임무 중 사망이라고 통보하겠지. 국정원에 들어갈 때 임무 중 사망에 대한 조항이 있었다. 그녀는 거기에 용감하게 서명했다.

우주희는 이대로 끌려가기 전에 마지막 발악이라도 해봐야 한다고 생각했다.

그렇지만 등을 찌르고 있는 권총이 발사되는 것보다 더 빨리 뒤에 있는 자를 때려눕힐 자신이 없다.

실패하면 더 이상의 기회도 없이 여기 이 자리에서 즉결 처분될 것이다.

이윽고 우주희는 틈새 밖으로 나왔다.

퍽!

"윽!"

그런데 그때 뒤에서 둔탁한 소리와 함께 답답한 신음 소리가 동시에 흘러나왔다.

우주희는 움찔하면서 급히 뒤돌아보았다.

"아……!"

거기에 골드핑거가 우뚝 서 있고 검은 점퍼 차림의 사내가 틈새 바닥에 쓰러져 있었다.

"괜찮습니까?"

"네……."

선우의 물음에 우주희는 꽉 잠긴 목소리로 겨우 대답했다.

안도감이 온몸을 휩쓸었으며 골드핑거가 천사처럼 보였다.

이종무가 왜 그를 천사라고 했는지 알 것 같았다.

감시자가 있을 거라는 선우의 말이 맞았다. 그리고 선우가 아니었으면 자신이 어떻게 됐을 것인지를 생각하니 우주희는 눈앞이 캄캄했다.

선우는 쓰러져 있는 사내에게서 권총 두 자루를 수거하여 양손에 쥐고 우주희에게 내밀었다.

우주희가 자신의 권총을 집자 선우는 나머지 한 자루를 주머니에 집어넣었다.

"갑시다."

우주희는 쓰러져 있는 사내의 머리통을 발로 힘껏 걷어찼다.

"개새끼야!"

퍽!

선녀는 우주희를 감시하던 다른 한 명을 반쯤 죽여놓고서 마르스Z556을 주차해 놓은 곳으로 돌아왔다.

"우주희 씨 데리고 작업실에 가 있어요."

차 안에서 선우가 말하자 운전석에 앉은 선녀가 물었다.

"같이 안 가요?"

"처리할 일이 있습니다."

"북한 공작원 말인가요?"

선우가 고개를 끄떡였다.

"미쳤어요? 그쪽은 네 명이고 무기를 지녔다는데 대체 어쩌려는 거죠?"

선우가 차에서 내렸다.

"작업실에 올라가기 전에 종태 형에게 전화하는 것 잊지 마십시오."

선녀가 운전석에서 내려 단호한 표정을 지었다.

"꿈의 직장을 갖게 된 첫날에 재수 없게 상사가 죽는 꼴은 보기 싫어요."

선우가 빙긋 웃었다.

"첫날부터 내 사람을 명령 불복종으로 자르게 하지 마십시오."

선녀가 미간을 좁혔다.

"하여튼 한마디도 안 져."

선우는 우주희에게 물었다.

"공작원이라는 자들은 어떤 특징이 있습니까?"

우주희는 선우를 보기만 하면 잡아먹으려고 하던 예전하고는 많이 달라진 표정을 지으며 대답했다.

"그냥 척 보면 한눈에 알아볼 수 있을 거예요. 그냥 승냥이처럼 생겼어요."

선우는 스팍스빌딩 후문을 통해 들어가 경비에게 경비 반장을 부르라고 지시했다.

경비 반장이 오는 동안 선우는 경비 복장으로 갈아입고 귀에는 경비들끼리 교신하는 이어폰을 꽂았다.

무전을 받고 급히 달려온 40대의 경비 반장이 선우를 보고 경례했다.

"잘 들으십시오."

선우는 경비 반장에게 몇 가지 사항을 지시한 후 일 층 정문 쪽으로 갔다.

일 층에는 많은 사람이 오가고 있으며 안내 데스크는 방문객으로 붐볐다.

그는 일 층 전체를 한 차례 둘러보면서 빠르게 스캔했다.

그리고 5초도 되기 전에 의심스러운 한 사내를 발견했다.

그 사내는 어울리지 않는 정장을 입고 까맣게 그을린 얼굴에 목에는 사원증을 걸고 한쪽 구석 소파에 앉아서 잡지를 읽고 있었다.

어느 누가 봐도 스팍스어패럴하고는 어울리지 않는 사람이지만 그가 북한에서 온 남파 공작원일 거라고 생각하는 사람은 아무도 없었다.

또한 목에 버젓이 사원증을 걸고 있기 때문에 더더욱 의심하는 사람은 없었다.

선우는 오가는 사람들 사이로 천천히 그 사내에게 걸어갔다.

사내의 귀에 이어폰이 꽂혀 있는 게 보였다. 실시간으로 동료들과 교신을 하고 있는 것 같았다.

사내는 잡지를 보고 있지 않았다. 무릎 위에 신간 여성 잡지를 펼쳐 들고 있지만 눈으로는 쉴 새 없이 주위를 살피고 있었다.

선우는 사내에게 곧장 걸어가지 않고 그 앞을 스쳐 지날 것처럼 다른 곳을 보면서 걸었다.

그렇지만 사내는 경비 복장을 하고 다가오는 선우에게 시선을 고정시킨 채 약간 몸을 움찔거렸다.

선우는 그의 오른손이 펼쳐져 있는 잡지 아래에 가려져 있는 것을 발견했다.

아마 오른손에는 권총이 쥐어져 있을 것이다. 북한 공작원이 이런 상황에 칼 따위를 쥐고 있다면 웃기는 얘기다.

선우에게서 사내까지는 열 걸음쯤 남았다.

그때 선우의 이어폰에서 조급한 목소리가 들렸다.

─실장님, 수상한 자들은 세 명인데 모두 28층에 있습니다.

선우의 지시로 통제실에 간 경비 반장이 CCTV를 살펴보고 수상한 행동을 하는 세 명에 대해 보고했다.

어수룩한 복장과 행동을 하는 북한 공작원들은 경비 반장의 눈에도 수상하게 보였다.

하지만 선우의 지시가 아니었으면 사원증을 지니고 있는 그들을 어느 누구도 수상하게 여기지 않았을 것이다.

북한 공작원 네 명 중에서 세 명이 28층에 있다면 일 층에 있는 한 명은 안심하고 제압해도 된다.

이놈은 혹시 골드핑거가 일 층으로 출입할지 몰라 이곳을 감시하고 있는 것 같았다.

무전기 채널을 열어놨을 테니 비명이나 신음 소리가 나게 해서는 안 된다.

이럴 때는 저놈 주위의 공기를 수축시켜서 보이지 않는 에어 밴드로 묶어버리는 것이 좋다.

선우는 걸어가면서 손을 앞으로 흔들 때 슬쩍 공작원을 가리키면서 공기를 압축시켰다.

드으.

아주 미미하게 기묘한 소리가 나면서 갑자기 공작원이 뻣뻣해졌다.

선우는 저만치 복도 안쪽에 숨어서 대기하고 있는 경비를 손짓으로 부르고는 공작원의 펼쳐진 잡지 밑에서 권총을 집어 주머니에 넣고 품속의 무전기와 이어폰을 챙겼다.

그리고 왼쪽 귀에는 경비와 교신하는 이어폰을, 오른쪽에는 북한 공작원들과 교신하는 이어폰을 꽂았다.

두 명의 경비가 부리나케 달려올 때 선우는 뻣뻣해진 공작원의 미간에 손가락으로 꿀밤 한 대를 때려 기절시키고는 수

축된 공기를 풀었다.

경비들이 기절한 공작원을 양쪽에서 들고 일 층 경비실로 옮기는 것을 보고 선우는 엘리베이터로 걸어갔다.

그때 오른쪽 이어폰에서 중얼거리는 목소리가 들렸다.

—이 쌍간나 새끼래 어드매 있는 거이야?

다른 목소리가 들렸다.

—상위 동지, 되는 대로 한 놈 잡아서 그 아새끼래 어드메 갔는지 족칩시다.

—너 상위 동지라고 하지 말라는 말 듣지 못했니?

잠시 후에 상위라는 자의 목소리가 이어졌다.

—저기 디자인 팀이라는 데서 한 놈 나오면 잡아서리 변소로 끌고 가자우.

—알갔습다.

선우는 마음이 급해졌다. 놈들이 디자인실에는 들어가지 못하고 밖에서 얼쩡거리는 모양인데 디자인실에서 사람이 나오면 붙잡아서 화장실로 끌고 가 선우에 대해 캐물으려는 것 같았다.

그 과정에 분명 디자인 팀 직원이 다치게 될 것이다.

저놈들은 피도 눈물도 없는 잔인한 놈들이다.

고속 엘리베이터인데도 오늘따라 매우 느리게 느껴졌다.

15층에 도달했을 때 오른쪽 이어폰에서 속삭이는 목소리가 들렸다.

　─저기 나오는 에미나이 잡으라구.

　─알갔슴다.

　결국 디자인 팀에서 누가 나오니 놈들이 행동을 개시했다.

　선우는 마음이 조급했지만 엘리베이터를 뚫고 올라갈 수는 없는 노릇이다.

　엘리베이터가 20층에 이르렀을 때 여자의 놀라는 목소리가 들렸다.

　─누구세… 으읍!

　'윤 비서!'

　방금 그 여자의 목소리는 총괄 실장실 여비서인 윤미소가 틀림없었다.

　왼쪽 이어폰에서 경비 반장의 찢어지는 다급한 외침이 터졌다.

　─실장님, 그들이 여직원을 강제로 끌고 화장실로 들어갔습니다! 들으셨습니까, 실장님?

　통제실에서 윤미소가 공작원들에게 당하는 광경을 CCTV로 본 모양이다.

　"들었습니다."

　─어, 어떻게 하면 됩니까, 실장님? 저희는 가만히 있어도 되는 겁니까?

"계속 CCTV를 지켜보세요."

디링~

선우는 28층에 엘리베이터가 멈추자마자 총알처럼 튀어나가 화장실로 달렸다.

그때 공작원으로 보이는 한 사내가 복도를 걸어가고 있다가 급히 뒤돌아보았다.

쏜살같이 달려오는 선우를 발견한 공작원은 움찔 놀라는 것과 동시에 오른손을 상의 속으로 재빨리 집어넣었다.

픽!

"끅!"

그러나 그보다 빨리 선우가 쏘아낸 금탄이 공작원의 옆머리에 적중됐다.

선우가 바람처럼 스쳐 지날 때 공작원의 상체가 뒤로 벌렁 젖혀지면서 두 다리가 허공에 떠올라 수평으로 누운 자세가 되었다.

그리고 선우가 남자 화장실 안으로 들이닥칠 때 공작원의 몸이 묵직하게 바닥을 울리며 떨어졌다.

떵!

화장실 입구 안쪽에 서서 경계하고 있던 공작원 한 명이 들이닥치는 선우를 보고 움찔하면서 아래로 내리고 있던 오른

손을 치켜드는데 그 손에는 권총이 쥐어져 있었다.

뛰어들던 선우의 주먹이 그대로 공작원의 가슴을 찍었다.

쿵!

"허윽!"

선우가 미처 힘 조절을 하지 않았기 때문에 공작원은 그 한 방으로 갈비뼈가 박살 나고 등 쪽이 터지면서 그곳으로 내장과 장기가 뿜어지며 즉사했다.

선우는 숨 쉴 틈도 없이 남자 화장실 입구에서 세 번째 문을 발로 걷어찼다.

쾅!

"억?"

화장실 안에는 공작원 두 명이 선우의 여비서 윤미소를 구석으로 몰아붙이고 있는데, 그중 한 명이 벌써 새파란 단검으로 윤미소의 어깨를 찌른 직후였다.

이놈들은 고문을 하기 위해 상대에게 겁주려고 일단 무조건 한 방 찌르고 보는 것이다.

그런 데다 방금 선우가 문을 걷어차서 부수는 바람에 그녀의 목에 칼을 들이대고 있던 공작원이 엉겁결에 목을 깊이 찌르고 말았다.

콱!

선우는 양손으로 두 명의 공작원을 움켜잡고 뒤쪽으로 집어 던졌다.

와장창!

쾅!

한 놈은 세면대에 처박히고 또 한 놈은 유리창에 부딪쳤다가 바닥에 나뒹굴었다.

선우는 두 놈에게 금탄을 한 발씩 먹이고 급히 윤미소를 살펴보았다.

"아아, 실장님······."

윤미소는 목 옆의 부위를 찔렸는데 피가 콸콸 쏟아지고 있었다. 동맥이 잘라진 것 같았다.

그녀는 좌변기 위에 누운 자세로 선우에게 안타깝게 두 손을 뻗었다.

선우는 그녀의 목을 손으로 덮듯이 막고 조심스럽게 안아 밖으로 나와 화장실 바닥에 눕혔다.

"실··· 장님··· 아파요. 아아······."

윤미소가 늘씬한 몸을 부들부들 떨면서 눈물을 흘렸다. 디자인 팀의 마스코트이며 남녀 불문하고 모든 이의 눈을 호강시키던 그녀의 탐스러운 몸뚱이는 지금 피투성이가 된 고깃덩이에 불과했다.

선우는 윤미소의 상처 난 목을 덮은 손으로 공기를 압축해서 칼에 찔린 상처를 봉해 피가 흐르지 않게 했다.

그러나 순식간에 많은 피를 흘린 윤미소는 몸을 격렬하게 떨면서 두 손을 뻗었다.

"아아… 실장님… 추워요……. 저 죽는 거예요?"

그녀의 표정은 이미 생과 사의 경계를 넘어가고 있었다.

윤미소의 얼굴과 목, 상체는 온통 피투성이고 바닥에는 피가 흥건해서 말 그대로 피바다였다.

선우는 길게 생각할 것 없이 즉시 자신의 검지 끝을 칼로 살짝 베어 피가 나오게 하고는 윤미소의 입을 벌리고 검지를 깊숙이 넣었다.

"빨아 먹어요."

"으음……."

"이걸 빨아 먹어야 살 수 있어요."

윤미소는 덜덜 떨리는 두 손으로 선우의 커다란 손을 잡고는 그의 손가락을 빨아 먹기 시작했다.

"음… 음……."

선우는 그런 그녀가 너무 안쓰러워서 머리를 부드럽게 쓰다듬었다.

이번 일은 순전히 선우 때문에 일어났다. 선우를 죽이려는 북한 공작원이 그를 찾아내려다가 죄 없는 윤미소를 이 지경으로 만든 것이다.

선우는 휴대폰을 꺼내 혜주에게 전화했다.

"혜주야, 검찰청에 공안 검사 우리 쪽 사람 없어?"

—무슨 일이야, 삼촌?

"북한 남파 공작원이 날 죽이러 왔다가 실패했다. 내가 네 명을 제압했어."

—삼촌, 국정원장 현승원이란 작자 말이야. 마가의 인물로 판명이 났어. 그러니까 이 일에 국정원이 개입하면 안 되겠네. 알았어. 내가 곧 전화할게. 2분만 기다려.

선우가 통화를 끝내고 휴대폰을 주머니에 넣으려고 할 때 경비 반장이 경비 한 명과 화장실 안으로 엎어질 것처럼 들이 닥쳤다.

"앗! 이게 뭡니까?"

"우왓!"

두 사람은 화장실 안에 벌어진 광경을 접하고 혼비백산해 서 비명을 질렀다.

선우는 윤미소를 안고 일어서면서 턱으로 공작원들을 가리 키며 지시했다.

"저자들 몸수색하고 창고에 감금하세요. 그리고 밖에 쓰러 져 있는 자들도 창고에 가둬요."

선우가 곧장 사내 진료실로 가서 침대에 윤미소를 눕히자 닥터와 간호사가 놀라서 달려왔다.

"무슨 일입니까, 실장님?"

그때까지도 윤미소는 선우의 검지를 입에 넣은 채 계속 빨고 있었다.

그의 피는 한두 방울만 먹어도 되기 때문에 이제 피를 그만 빨아도 되지만 선우는 그냥 내버려 두었다.

조금 전까지만 해도 윤미소는 다 죽어가더니 이제 출혈도 멈추고 해쓱하던 안색도 정상으로 돌아왔다.

다 죽어가던 사람을 살렸으니 과연 신족의 신혈은 굉장한 효능이 있었다.

선우는 자신의 피를 먹으면 병이나 상처가 깨끗이 낫는 것은 물론이고 무병장수하고 지치지 않으며 초인까지는 아니더라도 평소 자기 능력의 200% 이상 발휘하게 된다는 사실을 잘 알고 있었다.

윤미소는 정신이 말짱해졌으면서도 눈을 꼭 감고 선우의 검지를 힘껏 빨아댔다.

"윤미소 씨, 이제 그만 빨아요."

쪼옥, 쪼오옥.

"이제 상처도 다 아물고 괜찮을 거예요."

정말 윤미소의 목과 어깨의 상처가 흉터 하나 없이 말끔하게 나았다.

윤미소가 눈을 사르르 떴다.

그러고는 무슨 말을 하는데 손가락을 입에 문 상태라서 발음이 불분명했다.

선우가 검지를 빼자 윤미소가 왠지 아쉬운 표정을 지었다.

"저 정말 괜찮은 건가요?"

선우는 부드러운 미소를 지으며 옆에 서 있는 의사를 가리켰다.

"닥터에게 물어보세요."

선우의 지시로 경비 반장 이하 경비들은 아무도 경찰에 신고하지 않았다.

28층은 아무 일도 없던 것처럼 평소처럼 깔끔하게 치워졌으며 어떤 소동도 일어나지 않았다.

혜주는 대검찰청 공안부의 공안 검사 유경훈을 선우에게 소개해 주었고, 선우는 그에게 이곳 상황을 설명했다.

공안 검사 유경훈은 공안 경찰들을 데리고 극비리에 스파크빌딩으로 와서 선우를 죽이려고 잠입한 네 명의 북한 공작원을 앰뷸런스에 태워서 보냈다.

네 명의 공작원 중에서 한 명은 즉사했으며 세 명은 기절했다.

공안 검사 유경훈은 신강가 팔대호신가 유도가(劉道家)의 직계혈족 중외 한 명이다.

디자인 팀 총괄 실장실 소파에 선우와 유경훈 단둘이 마주 앉아 있다.

"실례지만 누굽니까?"

유경훈은 정중하면서도 비굴하지 않게 물었다.

그는 스퍅스어패럴 한국 지사에 가서 이정후라는 사람을 도우라는 스포그 상부의 지시를 받았을 뿐 이정후가 누군지 알지 못했다.

선우는 35세의 깐깐해 보이는 유경훈을 바라보았다.

"아버지는 잘 계십니까?"

"네? 아… 네."

유경훈은 선우가 뜬금없이 아버지를 들먹이자 깜짝 놀랐다.

선우는 휴대폰을 꺼내 어디론가 전화를 걸었다.

신호가 두 번 울리기도 전에 저쪽에서 받았다.

―도련님.

선우의 휴대폰 번호는 신강가와 팔대호신가의 간부들이 숙지하고 있어야 한다.

그렇기 때문에 지금 전화를 받은 사람은 전화번호만 보고서도 상대가 누구라는 것을 즉시 알아차렸다.

―도련님, 평안하셨습니까?

선우가 미소를 지었다.

"덕분에 나는 잘 지냅니다. 유 별주(別主)께서도 그간 잘 계셨습니까?"

유경훈의 눈이 화등잔처럼 커졌다. 그는 단지 맞은편에 앉은 사람이 누구인지 궁금해서 물어봤을 뿐인데 유도가에서도 서열이 높은 자신의 아버지를 '유 별주'라고 매우 허물없이 부르자 바짝 긴장했다.

유경훈의 아버지는 팔대호신가 중 하나인 유도가에서 별주라는 지위에 있다.

통상적으로 가주의 형제나 자매들이 별주가 되는데 유경훈 아버지 유지석은 세 번째, 즉 삼별주다.

그러니까 유도가에서 서열 4위인데 그 정도면 스포그 내에서 최상위 그룹에 속하며 산천초목을 떨게 하고 하늘을 나는 새도 떨어뜨리는 세도이자 권력이다.

그런 아버지를 '유 별주'라고 느긋하게 부를 수 있는 사람은 하늘 아래 그리 많지 않았다.

경비원 복장의 선우가 싱그럽게 미소 지었다.

"둘째 아드님 소문만 들었는데 오늘 직접 만나니까 건실하군요. 축하합니다."

─아아, 소인의 미거한 둘째를 만나셨습니까? 감히 몸 둘 바를 모르겠습니다.

"아드님께서 내가 누구냐고 묻는데 유 별주께서 잘 설명해 주십시오."

─아아, 그 녀석이 어찌 그런 망발을……

유경훈은 이미 선우가 누군지 짐작했기에 그가 내미는 휴대폰을 일어나서 덜덜 떨리는 두 손으로 공손히 받았다.

"아버지."

유지석은 불문곡직하고 아들을 꾸짖었다.

―이놈아, 어서 도련님께 예를 갖추어라!

유경훈은 소파 옆으로 나와서 그 자리에 무릎을 꿇고 부복하며 머리를 조아렸다.

"유도가의 삼별주(三別主) 유지석의 이남 유경훈이 도련님께 인사드립니다."

선우는 벌벌 떨고 있는 유경훈을 친히 일으켰다.

"자, 이제 본론을 얘기합시다."

선우는 원래의 옷으로 갈아입고 스팍스빌딩을 나섰다.

회사 차를 타고 갈 수도 있지만 번거롭기 때문에 택시를 탈 생각이다.

회사 정문에서 30m 앞쪽에는 택시 승강장이 있어서 택시를 탈 사람들이 줄을 길게 서 있다.

택시 역시 길게 늘어서 있기 때문에 줄은 빠르게 줄어들었고, 맨 뒤에 선 선우는 금세 앞으로 당겨졌으며, 다시 뒤로 줄이 길게 이어졌다.

선우를 알아본 사람들이 놀라서 앞자리를 양보했지만 선우는 손을 저으며 제자리를 지켰다.

그때 선우는 무슨 소리를 들었다.

투훅!

그것은 좁은 구멍으로 거센 바람이 한꺼번에 밀려나오는 듯한 이상한 소리였다.

선우는 처음에는 그게 무슨 소리인지 알지 못했다. 자주 듣는 소리가 아니었기 때문이다.

그러나 다음 순간 공기를 가르는, 아니, 쪼개는 음향을 듣고 그게 무언지 번쩍 깨달았다.

쌔애애—

'저격이다!'

소리가 들려온 곳을 재빨리 쳐다보았다. 보통 사람이 고개를 돌려서 쳐다보는 빠르기X10이다.

쳐다보자마자 반짝이는 금빛 작은 총탄이 자신의 얼굴을 향해 쏘아오는 것을 발견했다.

최초에 투훅, 하는 소리가 들린 직후 그것을 눈으로 쳐다보고서 총탄이라는 것을 확인하기까지는 0.2초 남짓밖에 걸리지 않았다.

선우는 순간적으로 총탄이 날아오는 방향의 공기를 얼리거나 압축시켜서 총알을 멈추게 할 수는 있었다.

하지만 그렇게 하면 저격을 한 자가 망원렌즈로 보고 있을 것이기 때문에 선우의 특이한 능력을 알아차리게 된다.

휘익!

그래서 선우는 총알을 피하기 위해서 몸을 날렸다. 이 동작 역시 보통 사람의 빠르기X10의 쾌속함이다.

'헛?'

순간 그는 자신의 뒤에 한 줄로 길게 사람들이 늘어서 있는 광경을 발견했다.

방금 본 총탄의 쏘아 오는 방향으로 미루어봤을 때 선우 바로 뒤에 서 있는 여자나 어쩌면 그 뒤의 남자까지도 총탄에 맞게 될지도 모른다.

선우는 총탄이 쏘아오는 곳을 쳐다볼 겨를도 없는 상황에서 다급하게 그쪽으로 공신기를 뿜어냈다.

드으.

허공이 잔잔하게 떨어 울리면서 날아오던 총탄이 선우의 얼굴 앞쪽 1m 거리에서 뚝 정지했다.

총탄이 그대로 날아왔으면 선우의 얼굴 옆을 스쳐 지나 뒤에 서 있는 여자의 얼굴에 맞았을 것이다.

스팍스어패럴 한국 지사에 근무하는 직원들의 얼굴과 인적 사항을 모조리 외우고 있는 선우의 기억력에 의하면 뒤에 있는 여자는 마케팅부 여직원이다.

투투투투―

그런데 그때 소음 총을 연속으로 발사하는 소리가 들렸다.

물론 보통 사람들 귀에는 들리지 않지만 선우에겐 바로 앞인 것처럼 생생하게 들렸다.

방금 전에 총탄이 날아온 방향에서 들려오는 소리다. 선우의 주위에는 택시를 기다리고 있는 사람이 많았다. 그런데도 저격범은 무고한 시민들이 죽든 말든 선우를 죽이려 하고 있었다.

이렇게 되면 선우는 더 이상 자신의 능력을 감추고 있을 수만은 없었다. 그랬다가는 이곳이 삽시간에 도살장으로 변하고 말 것이다.

선우는 총탄이 날아오는 방향을 향해 재빨리 두 손을 뻗으며 공신기를 발휘했다.

왼손으로는 강력한 압력을 발휘하여 전방으로 직경 3m 범위의 공기를 압축시켰다.

그와 동시에 오른손으로는 총탄이 쏘아오면서 남긴 궤적을 따라 영하 100도에 달하는 냉각 기체를 뿜어냈다.

쉬이이이—

선우의 손끝에서 투명하리만치 새하얀 기체가 빛처럼 비스듬히 대로 너머 허공을 향해 뻗어 나가는데 마치 하늘 높은 곳에서 제트기가 하얀 줄을 길게 남기면서 날아가는 것 같았다.

드으.

총탄 다섯 발이 선우의 5m 전방 지상에서 2m쯤 높이에 정지해 있다.

공기가 순간적으로 압축돼서 얼음보다 단단하게 변해 총탄을 가두어 버린 것이다.

그것은 마치 반짝이는 반딧불이가 하늘을 날다가 멈춘 것 같은 모습이다.

선우는 자신이 쏘아낸 냉각 기체가 쏘아나가는 끝을 눈으로 좇으면서 주시했다.

냉각 기체가 최종적으로 멈춘 곳은 이곳에서 120m 거리인 어느 15층 빌딩의 옥상이었다.

퍽!

"허윽!"

둔탁한 음향과 짓이기는 듯한 답답한 신음 소리가 선우의 귀에 생생하게 들렸다.

유도탄의 원리처럼 저격범이 총탄을 발사한 궤적을 따라서 냉각 기체를 뿜어냈으므로 총을 쏜 저격 라이플과 그것을 잡고 있는 손이 얼어버렸을 것이다.

옥상 난간 위에 검은색의 비니를 머리에 쓰고 있는 사내가 이쪽으로 총을 겨눈 채 오만상을 쓰고 있으며, 길쭉한 라이플 총이 허옇게 변해 있는 것이 선우의 육안에 보였다.

선우가 손을 뻗어 슬쩍 휘두르자 허공에 정지해 있던 총탄들이 그의 손안으로 들어왔다.

택시를 기다리고 있는 사람들은 누가 저격을 하는지 마는지 아무것도 알지 못했다.

다만 선우가 갑자기 옆으로 펄쩍 몸을 날리더니 이어서 허공으로 두 손을 뻗으며 허우적거리는 광경을 보고 이상하다는 표정을 지을 뿐이다.

선우가 그러지 않았으면 이곳은 지금쯤 아비규환으로 변했을 것이다.

선우는 대로를 따라서 달리기 시작했다.

타타탁탁!

이곳에는 사람들의 시선이 많아 초인적인 능력으로 달릴 수가 없어서 그냥 잘 달리는 육상 선수처럼 달렸다.

저격범은 미상불 총과 손이 얼어버렸을 테니까 더 이상 저격은 하지 못하고 최대한 빨리 저 빌딩에서 도망치려고 할 게 분명했다.

그자에게 날개가 달리지 않은 이상, 그리고 비밀을 지키려고 자살하려는 독한 마음이 아닌 이상 빌딩에서 뛰어내리지는 않을 것이다.

선우는 스팍스빌딩에서 웬만큼 벗어났다고 생각되는 곳에서부터 능력을 발휘하여 대로를 가로질러 달렸다.

파아앗—

순식간에 시속 60㎞의 속도로 내달리자 달리는 차들이 급정거를 하는 등 난리를 피울 새도 없이 그는 이미 대로를 건너서 저격범이 있는 빌딩 입구에 도착했다.

출발한 곳에서 여기까지 오는 데 10초 남짓 걸렸으므로 옥상에 있던 저격범이 엘리베이터를 탔다고 해도 아직 일 층에 도착할 시간이 아니다.

선우는 빌딩 안으로 달려 들어가 엘리베이터 앞에 멈춰 엘리베이터를 기다리고 있는 사람에게 물었다.

"이 빌딩에 이거 말고 엘리베이터가 또 있습니까?"

"이것뿐입니다."

선우는 20m 떨어진 계단 쪽을 쳐다보았다. 엘리베이터는 이것뿐이니까 여길 지키고 있으면 저격범은 절대로 빠져나가지 못할 것이다.

10분이 지났는데도 저격범으로 보이는 자는 엘리베이터나 계단으로 내려오지 않았다.

이건 뭔가 이상했다.

이런 상황에는 한 가지 결론밖에 내릴 수가 없다. 저격범이 이 빌딩 안 어딘가에 들어가서 숨어버린 것이다.

그렇다면 놈을 찾지 못한다. 이 빌딩에 얼마나 많은 사무실이 있는지 모르지만 그것들을 하나씩 죄다 뒤질 수는 없기 때문이다.

선우는 즉시 엘리베이터를 타고 꼭대기 15층으로 올라가 잠겨 있는 옥상 문을 발로 걷어차서 부수고 나갔다.

쾅!

잠시 후 그는 급수 탱크 아래에 처박히듯이 구겨져 있는 한 사내를 발견했다.

두 눈을 찢어질 듯이 부릅뜬 모습인데 몹시 놀란 표정을 짓고 있으며 이마 한가운데에 구멍이 뚫렸고 그곳에서 나온 피가 굳어 있었다.

이마에 총을 맞고 죽은 것 같았다.

선우는 비니를 눌러쓴 대머리 사내의 총과 손을 살펴보았다.

망원렌즈가 달린 최신식 저격용 라이플은 얼음이 두껍게 얼어붙어서 꽁꽁 얼었으며 두 손이, 아니, 어깨까지 두 팔 전체가 허옇게 온통 얼음처럼 얼어 있었다.

라이플은 그의 두 손에 마치 접착제로 붙인 것처럼 들러붙은 상태였다.

이 사내가 선우를 저격했다가 냉각 기체에 라이플과 두 손이 얼어버린 게 분명했다.

저격범이 선우를 암살하는 데 실패하고 오히려 위치가 노출되고 공격까지 당하자 저격범 주변에 있던 또 다른 인물이 저격범을 죽이고 도주했다.

저격범을 죽인 자는 선우가 이 빌딩 입구에서 지키고 있다는 사실을 알고서 저격범이 빠져나갈 구멍이 없자 죽여서 입을 봉해 버렸다.

즉, 살인멸구(殺人滅口), 죽여서 입을 막는다는 가장 잔인한 수법을 사용했다.

선우는 저격범을 죽인 자가 누군지 모르기 때문에 그자가 엘리베이터나 계단으로 유유히 빠져나갔어도 알아차리지 못했을 것이다.

저격범을 죽인 자가 선우를 알아봤는지 어떤지는 알 수가 없는 일이다.

선우는 대머리 저격범의 몸을 샅샅이 뒤졌지만 아무것도 찾아내지 못했다.

이자를 죽인 자가 이미 증거를 남길 만한 것들을 죄다 수거해 간 것이 분명하다.

선우는 혜주에게 전화해서 지금까지 일어난 일을 간략하게 설명하고 나서 저격범의 시체를 치우고 또 신원을 확인하라고 지시했다.

혜주가 초조한 목소리로 당부했다.

"삼촌, 조심해."

선우는 우주희를 당분간 작업실로 사용하는 오피스텔에서 묵도록 했다.

그녀는 신길동의 25평 전세 아파트에서 회사원인 애인과 동거하고 있다는데 애인은 그녀가 국정원에 다닌다는 사실을 모르고 있다고 했다.

이 50평짜리 오피스텔에는 방이 세 개 있는데 우주희에게 그중 하나를 사용하라고 했다.

종태를 제외한 '줌왈트 팀'은 잠시 작업을 멈추고 거실 소파에서 우주희의 설명을 들었다.

'줌왈트 팀'이라는 이름은 종태가 지었다. DDG−1000이 줌왈트급 구축함이기 때문에 그런 이름을 갖다 붙였다.

우주희의 설명이 끝나자 종태는 관심 없다는 듯 다시 작업실로 돌아갔다.

아무리 굉장한 일이라고 해도 종태는 자신이 현재 하고 있는 일에만 집중하는 스타일이다.

이종무가 선우를 보면서 물었다.

"북한이 왜 널 죽이려는 거냐?"

"그럴 일이 있었습니다."

선우는 장병호 사건에 대해서 설명했다. 장병호 사건은 극비지만 선우는 이들이 남이라고 생각하지 않았다.

이종무와 선녀, 우주희 모두 크게 놀랐다.

그중에서도 선녀는 입에서 불을 뿜는 것처럼 분노했다.

"아니, 정치하는 양반들 미친 거 아냐? 장병호 같은 거물이 제 발로 대한민국에 입국했는데 그 사람을 어째서 돌려보내려는 거야?"

이종무가 예리하게 지적했다.

"주한 미국 대사가 장병호 사건을 선우 너한테 의뢰해서 그걸 성공시키니까 널 CIA 요원으로 적극 추천한 거였구나?"

"그런 것 같습니다."

"그나저나 국정원 내부에 북한을 돕는 조력자가 있다는 사실은 놀라운 일이다."

그는 팔짱을 끼고 고개를 모로 꼬았다.

"어떻게 한다?"

어제까지만 해도 형사이던 그로서도 이건 너무 황당하고 큰 사건이라서 대처할 방법이 떠오르지 않았다.

선우가 조용히 말했다.

"이 일은 저한테 맡기십시오."

이종무로서도 지금으로선 딱히 어쩔 방법이 없었다.

선우는 우주희에게 당부했다.

"애인에게 어떤 방법으로든 연락하지 마세요."

"알았어요."

"그리고 미리 알려줘서 고맙습니다. 덕분에 무사할 수 있었습니다."

우주희는 씁쓸한 표정으로 고개를 가로저었다.

"피장파장이에요. 그쪽도 날 구해주었잖아요."

선우는 그녀의 손을 잡았다.

"우주희 씨의 결정은 훌륭했습니다. 덕분에 국정원에 불온 세력이 있다는 사실을 알게 됐습니다."

우주희는 가만히 있었다.

"그것 때문에 우주희 씨가 불이익을 당하도록 내버려 두지 않겠습니다. 당신은 반드시 보답을 받아야 합니다."

그녀는 씁쓸한 표정을 지었다.

"보답을 바라고 한 일이 아니에요. 얼마 전까지 나도 한패였기 때문에 속죄한다는 마음으로 한 일이에요."

선우는 고개를 끄떡였다.

"한 번 수렁에 빠진 사람이 자력으로 거기에서 빠져나오는 것이 쉬운 일입니까?"

"이 병신 새끼, 나가뒈져!"

국정원 안보수사국장 박중현은 화가 머리 꼭대기까지 치솟아서 B—d 유닛 팀장 차진호에게 욕설을 퍼부었다.

국정원장 현승원은 골드핑거를 죽이러 온 북한 공작원을 골드핑거에게 안내하는 일을 박중현에게 맡겼다.

그리고 박중현은 그 일을 B—d 팀장인 차진호에게 지시했다.

북한 공작원들을 골드핑거에게 안내하는 간단한 일이기 때문에 실패할 확률이 제로에 가까웠다.

그런데 차진호가 그걸 실패했으므로 박중현이 화를 내는 것은 당연했다.

안보수사국장인 박중현 밑에는 유닛 팀장 차진호 같은 팀장이 20여 명 정도 있다.

그중에서 박중현이 차진호처럼 돈으로 매수하여 부리고 있는 팀장이 다섯 명이다.

박중현이 핏대를 올리며 외쳤다.

"B—d3 어디 있냐? 엉?"

박중현은 B—d3의 이름도 모르고 본 적도 없다. 그럴 필요가 없기 때문이다.

B—d3은 말 그대로 유닛일 뿐이다. 다만 B—d3이 배신했다는 사실만이 중요할 따름이다.

"죄송합니다."

"그년이 어디 있느냐고 물었지 죄송하다는 말 듣고 싶다고 했냐?"

탁!

"억!"

박중현이 차진호의 정강이를 세게 걷어찼다.

"나가! B—d3 그년 찾아서 끌고 오기 전에는 내 눈 앞에 나타나지 마라! 썩 꺼져, 이 새끼야!"

차진호는 걷어차인 정강이가 깨지는 것 같아서 절뚝거리면서 밖으로 나갔다.

복도를 걸어가면서 그는 상의 안쪽에 차고 있는 권총에 손을 대며 중얼거렸다.

"X팔, 저 X 같은 새끼, 확 갈겨 버릴까 보다."

그러나 그는 그렇게 중얼거리기만 했을 뿐 오히려 걸음을 빨리하여 걸었다.

그는 비단 박중현을 죽이지 못할뿐더러 그의 명령에 반박하지도 못한다.

지금까지 박중현에게 받아먹은 돈을 다 합치면 아파트 두어 채를 사고도 남을 금액이기 때문이다.

그는 박중현에게 충성 같은 건 하지 않는다. 다만 돈에 충성할 뿐이다.

그는 박중현에게 당한 화풀이를 우주희에게 퍼부었다.

'이 쌍년, 나한테 돈 받아서 처먹을 때는 언제고 이제 와서 배신을 때려? 개 같은 년.'

사실 그는 얼굴이 반반하고 몸매가 좋은 우주희에게 몇 번 수작을 걸었다가 번번이 퇴짜를 맞았다.

그래서 언젠가는 그녀를 반드시 자빠뜨리겠다고 독한 마음을 먹고 있는 터였다.

차진호는 우선 우주희가 살던 집과 가족을 털어보기로 했다.

제22장
비버

차진호가 나가고 나서 박중현은 자리에 앉지도 못하고 실내를 오락가락했다.

"아, 정말 돌아버리겠네."

국정원장 현승원은 원래 철두철미한 완벽주의자로 유명하다. 그래서 그는 저격 팀을 골드핑거에게 보내라고 박중현에게 지시했다.

만약 북한 공작원들이 골드핑거 암살에 실패할 경우 저격 팀이 임무를 완수하라는 것이다.

이 시점에서 박중현은 강한 의문이 생겼다.

어떤 조직보다도 북한에 적대적이어야 마땅할 국정원이 대한민국 국민을 죽이려고 북한에서 내려온 공작원을 안내하는 반역을 서슴지 않고 행하는데, 이제는 국민의 세금으로 운영되는 국정원이 내국인을 저격하는 일까지 직접 나서야 하느냐는 것이다.

그렇지만 그런 명령에 대해서 박중현은 현승원 앞에서 한 마디도 반박하지 못했다.

현승원이 명령을 내리면 박중현은 가타부타 따지지 말고 그걸 집행하기만 하면 된다.

자신의 의견 같은 것을 말한다고 해서 그 명령이 취소되는 것도 아닌데 괜히 나서서 현승원의 심기를 건드릴 필요는 없는 것이다.

그런데 또 문제가 생겼다.

저격 팀이 실패한 것이다. 뿐만 아니라 저격 팀 중에서 져격수가 죽었다.

상대에게 죽은 것이 아니라 같은 동료에게 신분이 탄로 날까 봐 살인멸구를 당했다.

"그래서 시체는 수습했나?"

"못 했습니다."

박중현이 책상 너머에 서 있는 사내에게 힐문하자 그는 착잡한 얼굴로 대답했다.

"못 해?"

"제가 저격수를 처리하고 나서 수습 팀이 현장에 도착했을 때는 시체가 이미 사라진 후였다고 합니다."

"시체가 사라져?"

박중현은 말도 안 된다는 표정을 지었다.

"어떻게 했기에 시체가 사라졌다는 거야?"

"저는 매뉴얼대로 했습니다. 수습 팀 말로는 자기들이 도착하니까 현장에는 시체가 없었다는 겁니다."

"음."

박중현 앞에 서 있는 사내는 골드핑거를 저격하는 임무를 실패한 동료를 현장에서 사살했다. 이후 그곳을 빠져나와 수습 팀에게 시체 처리를 통보했는데 그게 제대로 이루어지지 않은 것이다.

박중현은 격동하는 마음을 가라앉혔다.

"자, 차근차근 정리해 보자. 저격수가 저격에 실패했다. 이유가 뭐지?"

"잘 모르겠습니다. 저는 저격수로부터 10m쯤 떨어져 있었습니다. 그래서 저격수가 도합 여섯 발을 발사했는데도 표적을 처치하지 못했다는 것만 압니다."

국정원의 저격수는 대한민국 육군과 해군에서 전문으로 육성된 저격수만을 엄선해서 채용한다.

그들은 악조건 상황에서도 400~500m 밖의 표적을 정확하게 명중시키는 세계 최고의 실력을 지니고 있다.

그런데 불과 120m 거리의 표적을, 그것도 매우 양호한 상황 하에서 실패했다는 것이다.

"직후에 골드핑거에게 저격 위치가 탄로 났으며, 그가 저격수를 잡으려고 전력 질주하여 대로를 건너 불과 10초 만에 저격 위치의 빌딩으로 들이닥쳤습니다."

박중현은 슬쩍 인상을 썼다.

"10초 만에? 그게 가능해?"

"직선거리가 120m 정도였습니다."

"음, 너무 가까웠군."

"거기에선 그 거리가 최적의 저격 위치였습니다."

"그럼 저격수와 같이 도주하면 되지 왜 죽였어?"

저격수를 죽인, 일명 하청업자라고 불리는 사내는 고개를 갸웃거렸다.

"이상한 일이 있었습니다."

"뭐냐?"

"저격수의 총과 두 팔이 갑자기 얼어버렸습니다."

박중현이 얼굴을 찌푸렸다.

"무슨 말도 안 되는 소리야?"

하청업자가 미간을 좁혔다.

"이유는 모르겠습니다만 라이플과 저격수의 두 손이 얼음처럼 하얗게 얼어붙어 더 이상 저격을 할 수 없는 상황이 돼버렸습니다."

박중현이 인상을 썼다.

"무슨 말도 안 되는 소리야?"

하청업자가 디지털카메라를 꺼냈다.

"증거로 사진을 찍었습니다."

박중현은 하청업자는 건네는 디지털카메라의 작은 창의 화면을 보았다.

화면에는 하얗게 꽁꽁 언 저격용 라이플총과 저격수의 두 손이 찍혀 있었다.

사진은 다섯 장이며 모두 비슷했는데 그중에 저격수의 매우 고통스러워하는 얼굴 표정이 하나 있었다.

"도저히 저격수와 함께 철수할 수 없는 상황이었습니다. 그리고 총과 두 손이 붙어서 총을 회수하지 못했습니다. 두 손에서 총이 떨어지지 않았기 때문입니다."

박중현이 하청업자를 쏘아보았다.

"방금 그거 정말이야?"

하청업자는 박중현이 들고 있는 디지털카메라를 가리켰다.

"보셨잖습니까?"

"음!"

박중현은 국정원장 현승원에게 보고를 하러 가는 길이 도살장으로 끌려가는 길처럼 여겨졌다.

현승원은 북한 공작원의 실패와 저격 팀의 실패에 대해서 모르고 있는 상황이다.

박중현이 그 사실을 보고할 때 현승원이 어떤 반응을 보일지는 당해보지 않고서도 짐작할 수 있었다.

문제는 저격수의 라이플과 두 손이 꽁꽁 얼어버린 것을 어떻게 설명하느냐는 것이다.

똑똑똑.

박중현은 더없이 무거운 마음으로 원장실 문을 두드렸다.

우주희도 줌왈트 팀에 합류했다.

하루 종일 오피스텔에서 멀뚱거리면서 있는 것이 지겹다고 자기도 일을 시켜달라고 요구했다.

선우를 비롯한 다섯 명은 하루에 18시간 이상 컴퓨터 앞에 앉아서 종태가 해킹해서 풀어놓은 방대한 자료를 탐색하는 일에 몰두했다.

종태가 중국 육군과 해군, 수천 개의 국영 기업체, 조선소, 무역 업체들의 메인 컴퓨터에 침입하여 자료를 빼내면 자동 암호 해독기와 자동 번역기를 거쳐 한글로 된 자료들을 선우와 이종무, 선녀, 우주희가 검토하는 것이다.

'흠.'

우주희는 흥미로운 내용을 발견했다. 그녀는 줌왈트 팀이 찾고 있는 DDG-1000에 대해서는 크게 관심도 없으며 자신이 그걸 찾을 거라는 기대도 하지 않았다.

방금 찾아낸 것은 그녀가 좋아하는 팝 가수 저스틴 비버에 관한 내용이었다.

한동안 자료를 읽던 우주희가 고개를 갸웃거렸다.

'이거 왜 이래?'

저스틴 비버가 중국 상하이에서 콘서트를 한다는 내용이 있어서 클릭했더니 열리지 않고 이상한 파일이 떴다.

그런데 그걸 아무리 클릭해 봐도 열리지 않고 튕겨 나오기를 거듭했다.

그 자료를 어렵게 다시 찾아내 클릭했지만 튕겨 나오는 건 여전했다.

"에이!"

은근히 짜증이 난 우주희는 저스틴 비버를 포기하고 다른 자료를 불러왔다.

"뭡니까?"

옆에 앉은 선우가 우주희를 보면서 물었다.

"아무것도 아니에요."

"우린 지금 별거 아닌 것처럼 보이는 걸 찾고 있습니다. 말해보세요."

우주희는 농땡이를 피운 게 걸려서 어떻게든 얼버무리고 싶었지만 선우의 말을 듣고는 포기했다.

"딴짓을 좀 했어요."

"무슨 딴짓입니까?"

"그냥 딴짓이에요. 그것까지 꼬치꼬치 알아야 해요?"

"말해보세요. 뭔가 잘 안 풀리니까 우주희 씨가 짜증을 낸 거 아닙니까?"

우주희는 화면을 가리키며 조금 씁쓸한 표정을 지었다.

"저스틴 비버가 상하이에서 콘서트를 한대요. 그런데 내용을 보려니까 도저히 파일이 열리지가 않잖아요."

그녀는 농땡이 피운 걸 깨끗하게 사과했다.

"미안해요. 안 그럴게요."

"아니, 잠깐."

그런데 선우가 벌떡 일어나서 우주희에게 다가왔고, 동시에 종태도 그녀를 쳐다보았다.

"선우야, 비버면 구축함이잖아?"

"그래, 형."

선우는 우주희 옆에 서서 상체를 굽히고 모니터를 들여다보며 말했다.

"그거 띄워보세요."

미국에서는 구축함이나 순양함 등을 동물인 비버라고 표현하는 경우가 종종 있었다.

비버는 미국을 상징하며 미국인들이 매우 사랑하는 동물이기 때문이다.

비버는 미국 전역에 고루 분포하며 강이나 호수에서 사는데 숲의 나무를 이빨로 갉아서 쓰러뜨려 그걸 부지런히 강이나 호수로 옮겨 댐을 만들고 그 안에서 생활한다.

잠시도 쉬지 않고 활동하는 부지런함과 근면함 때문에 미국인들의 사랑을 받고 있으며, 비버가 물에서 생활하기 때문에 구축함이나 순양함에 비유되기도 했다. 즉, 비버는 미 해군의 은어였다.

사람들 시선이 우주희에게 집중되었다.

긴장한 우주희는 조심스럽게 아까의 경로를 밟아서 저스틴 비버에 대한 자료를 찾아냈다.

"여기에서 들어갈 수가 없어요."

우주희는 번번이 튕겨 나오던 파일을 가리켰다.

"건드리지 마라."

선우가 자판에 손을 대려 하자 종태가 급히 다가왔다.

종태는 우주희가 자리를 비켜주자 그 자리에 앉아서 화면을 자세히 살펴보며 우주희에게 물었다.

"이거 몇 번이나 클릭했습니까?"

"다섯 번인가?"

"음, 큰일이군."

종태는 심각한 표정을 지으며 파일 이름을 뚫어지게 주시
했다.

"확실하지는 않지만 아무래도 이거 부비트랩 같다."

팝 가수 저스틴 비버가 중국 상하이에서 콘서트를 한다는
내용에 어째서 부비트랩 같은 것을 걸어놨는지 궁금한 사람
은 우주희뿐이다.

"부비트랩을 왜 걸어놔요?"

파일을 살피던 종태가 미간을 좁혔다.

"이거 추적 장치까지 해놨어."

선우의 얼굴이 굳어졌다.

"우주희 씨가 다섯 번 클릭했다니까 그럼 이쪽 위치가 노출
된 것 아냐?"

"그렇다고 봐야지."

"얼마나 걸려?"

"저쪽이 기동력이 있다면 여기로 들이닥치기까지 두 시간
정도 걸릴 거야."

우주희는 선우와 종태가 무슨 말을 하는지 전혀 알아듣지
못했다.

선우는 긴장된 표정을 지었다.

"비버에 부비트랩, 게다가 추적 장치까지 해놓은 걸 보면 이 거 무지 의심스럽다."

"뚫어봐, 형."

종태가 선우를 쳐다보았다.

"이 여자가 다섯 번이나 클릭했으면 우리 위치는 이미 노출 됐다고 봐야 된다."

"상관없어."

"놈들이 이리 오고 있을지도 몰라."

"그렇다면 더욱 뚫어봐야지."

종태는 어금니를 악물었다.

"뚫었는데 DDG—1000이 아니어도 난 모른다?"

"알았어."

밑져야 본전이 아니다. 선우는 이게 DDG—1000이 아니더 라도 매우 중요한 파일일 거라는 생각이 들었다.

종태가 파일을 뚫는 동안 선우는 이종무 등에게 컴퓨터를 해체해서 박스에 담으라고 지시했다.

이어서 용달에 전화해서 지금 당장 와달라고 했다.

선우가 이종무 등을 도와서 컴퓨터 분리 작업을 하고 있는 데 종태가 환호성을 터뜨렸다.

"빙고!"

선우가 하던 일을 멈추었다.

"됐어? 뭐야?"

종태가 득의해 웃었다.

"흐흐흐, 줌왈트를 찾아냈다."

선우가 환한 표정을 지었다.

"브라보!"

종태가 부지런히 자판을 두드렸다.

"30초 후에 자폭한다."

자폭하면 컴퓨터상에는 이곳의 흔적이 깨끗하게 사라지고 아무것도 남지 않는다.

"파일 해독해서 너한테 보내놨다."

"잘했어. 역시 컴종태야."

선우가 종태의 어깨를 두드렸다.

이어 선우는 이종무와 우주희에게 각각 홀더에 들어 있는 권총을 한 정씩 지급했다.

"나하고 우주희 씨는 용달로 갈 테니까 세 분은 선녀 씨 차로 오십시오."

선우의 말이 끝나자마자 벨이 울렸다. 용달차가 오기에는 조금 이른 시간이다.

선우가 현관으로 걸어갈 때 우주희가 지급 받은 권총을 꺼내 소음 부스터를 끼우는 것을 보고 이종무와 선녀도 급히 소음 부스터를 끼웠다.

선우는 현관의 도어 스코프를 통해 밖을 보며 물었다.

"누구세요?"

그렇지만 밖은 보이지 않았고, 그는 도어 스코프의 렌즈가 무언가에 가려져 있는 것을 발견했다.

순간 그는 다급하게 옆으로 몸을 날렸다.

큐큐큉! 큐웅! 픽! 픽! 픽!

그와 동시에 렌즈를 통해 실내로 총탄이 퍼부어졌다.

선우가 바닥을 한 바퀴 구를 때 현관문이 부서질 것처럼 바깥으로 활짝 열렸다.

콰득!

그러고는 손에 소음 권총을 쥔 정장 차림의 사내들이 우르르 쏟아져 들어왔다.

선우는 벌떡 몸을 일으키면서 정장 사내들에게 금탄을 발사하려고 했다.

투투투퉁! 큐큐큉!

그때 이종무와 선녀, 우주희의 소음 권총이 일제히 불을 뿜었다.

퍼퍼퍼픽!

"와악!"

"크악!"

쏟아져 들어오던 정장 사내들이 이종무와 선녀, 우주희가 나란히 서서 쏘아댄 총탄에 벌집이 되어 거꾸러졌다.

선우는 즉시 현관 밖으로 달려나갔다.

현관 밖에는 두 명의 정장 사내가 권총을 쥐고 서 있다가 선우를 향해 급히 총을 겨누었다.

그러나 그보다 빨리 선우의 금탄이 두 정장 사내의 얼굴에 적중됐다.

파팍!

"억!"

"끅!"

선우는 재빨리 복도를 둘러보았다. 복도에는 아무도 없는데 저만치 엘리베이터 문이 막 열리면서 어떤 여자가 내리고 있었다. 입주민인 것 같다.

선우는 쓰러지려는 두 정장 사내를 잡고 재빨리 오피스텔 안으로 끌어당기고는 현관문을 닫았다.

쿵!

현관문 안쪽 바닥에는 도합 여섯 명의 정장 사내가 쓰러져 있는데 총에 맞은 자들 중에서 죽지 않은 자가 꿈틀거리면서 신음 소리를 내고 있다.

"끄으으……."

확인한 결과 선우가 금탄으로 기절시킨 두 명과 부상자 한 명을 제외한 세 명이 죽었다.

저쪽에 나란히 서 있는 아종무를 비롯한 세 사람은 여전히 권총을 앞으로 뻗은 채 엄청 굳은 표정이다.

세 사람 모두 오늘 사람을 처음 죽였다. 강력계 베테랑 형사이던 이종무도, 국정원 흑색 요원인 우주회도 사람을 직접 자기 손으로 죽인 건 처음이다.

그렇지만 조금 전 상황에서 세 사람으로선 선택의 여지가 없었다.

들이닥친 정장 사내들이 선우를 죽일 것만 같아서 앞뒤 생각할 겨를도 없이 총을 쏴댄 것이다.

그래서 세 사람 모두 극도로 긴장하고 얼어서 처음의 자세를 풀지 못하고 있었다.

선우가 모두에게 손짓했다.

"모두 나가서 선녀 씨 차를 타세요."

사람이 죽은 광경을, 그것도 피투성이가 되어 피바다 속에 누워 있는 끔찍한 광경을 처음 보는 사람들은 망부석이 된 것처럼 꼼짝도 하지 못했다.

선우 역시 이런 상황은 난생처음이지만 성격 면에서 다른 사람들보다 강인하기에 끄떡없는 것이다.

"정신 차리고 어서 서둘러요."

선녀가 깜짝 놀랐다.

"뭐라고 그랬죠?"

"모두 선녀 씨 차를 타고 출발해요!"

"어디로 가죠?"

"일단 출발하면 알려줄게요!"

우주희가 넋 나간 얼굴로 중얼거렸다.

"여긴 어쩌죠?"

그녀는 뒤돌아보며 어지럽게 널려 있는 컴퓨터들을 가리켰다.

"컴퓨터들은……."

종태가 앞장서서 현관문으로 달렸다.

"여긴 선우한테 맡기고 우린 갑시다."

모두들 권총을 상의 속에 집어넣어 언제든지 뽑을 수 있게 하고는 차례로 현관 밖으로 나갔다.

선우는 현관문을 닫고 용달에 전화를 걸어서 오지 말라고 취소시켰다.

그리고 혜주에게 전화했다.

"혜주야, 여길 청소해야겠다."

"삼촌, 앞으로 그런 잡다한 일을 처리해 줄 사람을 알려줄게. 삼촌 전담 클리너A야."

선우는 혜주가 가르쳐 준 번호로 전화했다.

―말씀하십시오.

"아, 여기 좀 치워야 할 게 많은데 말입니다."

─알겠습니다.

뚜우.

"여보세요?"

통화가 끊어져서 다시 전화했다.

"아, 통화가 끊어져서요."

─지금 올라가고 있습니다.

"……."

─거기에서 나오십시오.

선우는 정신이 번쩍 들었다.

자신의 전담 클리너A라는 사람이 오피스텔로 올라오고 있다는 말이다.

그렇다면 클리너A는 이 오피스텔 근처에서 상시 대기 하고 있었다는 뜻이다.

선우는 실내를 한 차례 둘러보고는 재빨리 오피스텔에서 나와 엘리베이터로 빠르게 걸어갔다.

땡~

엘리베이터가 멈추고 문이 열렸다.

안에는 한 사람이 서 있었는데 동네 슈퍼 주인처럼 푸근한 인상의 점퍼를 입고 갈색 가방을 든 40대 사내이다.

선우는 그를 보는 순간 클리너A라고 직감했다. 그의 외모만 보고는 절대로 클리너라고 상상되지 않지만 선우의 직감은

비버 179

남다른 편이다.

그걸 증명하듯이 사내는 선우를 향해 아주 가볍게 고개를 숙이고는 엘리베이터에서 내리며 선우 손에 무언가를 슬쩍 쥐어주었다.

선우가 엘리베이터에 타서 손을 보니 자동차 키다.

엘리베이터에는 지하 2층이 눌러져 있었다. 클리너A가 미리 눌러놓은 것 같았다.

지하 2층에 내려온 선우는 유리문 밖 주차장으로 걸어가며 차 키를 눌렀다.

삑~

바로 앞의 국산 중형차 한 대가 경광등을 반짝이며 소리를 냈다.

선우에게 차가 필요할 것이라고 짐작하여 엘리베이터 바로 앞 열 걸음도 되지 않는 곳에 차를 대기시켰으며, 눈에 띄는 차보다는 평범하고 흔한 국산 중형차를 갖다 놓은 용의주도함이 돋보였다.

오피스텔 지하 주차장에서 나온 선우는 혜주에게 다른 작업실을 알아봐 달라고 전화했다.

─삼촌, 잠깐만.

"끊을까?"

─아냐. 압구정동에 쓸 만한 게 있어. 스카이파크오피스텔 1207호야. 컴퓨터 같은 물건들은 그곳으로 옮겨줄까?

"그래."

─삼촌, 3일 후가 정기총회인 거 알고 있지?

"그래."

─삼촌이 부탁한 요트가 모레 오후에 부산에 도착할 거야.

"해운대 수영만 요트장이야?"

─참 나, 삼촌. 길이가 100m에 가깝고 배수량 7천 톤짜리 슈퍼 메가 요트가 수영만 요트장에 들어가기나 해?

"어, 그런가?"

─늦어도 글피 아침 10시까지는 부산에 도착해야 돼. 알았지?

"알았어."

─그리고… 보고가 하나 들어와 있는데 우주희와 동거하는 애인 말이야.

"무슨 일 일어?"

─국정원에서 30분 전에 데려갔대.

"그래?"

─어떻게 할까?

제 일감은 내버려 둬야 한다는 것이다.

북한에서 골드핑거를 죽이거나 납치하려고 공작원을 보냈

는데 국정원 요원이 그들을 골드핑거에게 안내했다.

그러고는 그들이 실패하자 저격하다가 그마저도 실패해서 저격수 한 명이 살인멸구를 당했다.

모르긴 해도 국정원의 그 일을 꾸민 북한 앞잡이는 화가 머리 꼭대기까지 치솟았을 것이다.

하지만 골드핑거를 죽이려고 테헤란로 스팍스빌딩에 침입한 북한 공작원 네 명이 증발해 버렸기 때문에 국정원의 북한 앞잡이는 몸을 사리고 있어야만 한다.

국정원의 어느 누가 북한 앞잡이 노릇을 하고 있는지 지금으로선 알 수가 없다.

현재 스포그에서 그걸 알아내려고 일을 추진하고 있으니 조만간 알게 될 것이다.

국정원에서 우주희 애인을 데려간 걸 보면 우주희를 찾아내려고 혈안이 된 것이 틀림없었다.

이런 상황에 우주희 애인을 구하려고 손을 쓰는 것은 위험할 수 있었다.

국정원에서 우주희 애인을 그냥 평범한 방법으로 데려가진 않았을 것이다.

우주희가 골드핑거하고 연관이 있다고 생각한다면 국정원에서 우주희 애인을 데려갈 때 골드핑거가 나타날 수도 있을 것이라고 짐작하여 미리 그물을 펼쳐놨을 수도 있었다.

"구해."

선우는 짧게 대꾸했다.

우주회 애인을 구하는 일이 위험할 수도 있지만, 우주회가 선우를 위해 한 일을 생각한다면 그녀의 애인이 끌려가는 것을 알면서도 보고만 있을 수는 없었다.

대한민국 국민을 죽이려고 온 북한 공작원을 도와주고, 또 그들이 실패하자 저격을 하는가 하면 저격하는 과정에 시민의 안전 따윈 도외시했으며, 저격에 실패한 저격수를 죽여서 증거 인멸을 꾀하는 등 잔인함은 물론이고 반역 행위의 극을 달렸다.

그런 자들이 우주회 애인을 끌고 간다면 몇 마디 말을 정중하게 묻고서 고이 풀어줄 리 없었다.

우주회의 행방을 캐기 위해서 고문을 하거나 심할 경우 죽일 수도 있었다.

"반드시 구해."

─알았어.

선우를 비롯한 줌왈트 팀은 중간에 만나서 저녁 식사를 했다.

그런 다음 다 같이 압구정동 스파이파크오피스텔 1207호에 들어갔다.

이번 오피스텔은 이전 것보다 규모는 조금 작았지만 구조는 비슷했으며 방이 두 개에 주방과 식당, 욕실이 있었다.

"어?"

선우를 제외한 줌왈트 팀 전원은 오피스텔이 이전 오피스텔처럼 모든 것이 완벽하게 갖추어져 있을 뿐만 아니라 작업실에 그들이 사용하던 컴퓨터와 주변 기기까지 고스란히 옮겨져 있는 것을 보고는 놀라움을 금치 못했다.

줌왈트 팀이 거실에 모여 있는데 종태가 두 손을 비비면서 긴장된 표정으로 선우에게 말했다.

"선우야, 이제 확인해 봐야지?"

"잠깐 기다려, 형."

선우는 우주희를 방으로 데리고 들어가서 둘이 침대에 마주 보고 걸터앉았다.

"할 말이 있습니다."

우주희는 선우의 표정이 굳은 걸 보고 자못 긴장했다.

선우는 말을 빙빙 돌리지 않고 단도직입적으로 말했다.

"국정원에서 김인준 씨를 데려갔습니다."

"……."

선우는 우주희의 안색이 하얗게 질리는 것을 보고 그녀가 애인 김인준을 몹시 사랑하고 있음을 알게 되었다.

"그를 사랑합니까?"

선우는 김인준을 구하라고 지시한 자신의 결정이 잘한 일인지 확인하고 싶었다.

"사랑해요."

우주희의 눈이 젖어들었다.

"그는 나에 대해서 아는 게 거의 없어요. 국정원이 그를 고문해 봐야 아무것도 얻지 못할 거예요."

그녀는 입술을 잘근 깨물었다.

"국정원이 인준 씨한테까지 손을 뻗칠 줄은 몰랐어요. 설마 했는데 결국……."

그녀는 두 손으로 무릎을 짚고 고개를 숙였는데 눈물이 후드득 떨어졌다.

선우는 우주희를 속 태우지 않고 곧장 말했다.

"김인준 씨를 구하라고 사람을 보냈습니다."

"아……!"

우주희가 놀라서 고개를 발딱 들었다.

"그 사람은 국정원에 끌려갔다고 하지 않았나요?"

"그랬습니다."

우주희는 고개를 살래살래 가로저었다.

"국정원에서 사람을 구해내는 일은 불가능해요."

"글쎄… 두고 봅시다."

"그들은 그 사람을 고문할 거예요."

선우는 가만히 있었다. 그는 누군가를 위로하는 걸 잘 못하는 편이다.

섣불리 위로하려고 들었다가는 하지 않는 것보다 못하기 때문에 가만히 있는 게 나았다.

우웅.

그때 선우의 청바지에 꽂은 휴대폰이 진동했다.

혜주다.

─구했어. 어디로 보내줘?

혜주는 김인준을 구하는 것을 은행에 가서 잔돈 바꿔 오는 것처럼 간단하게 말했다.

"어디 있지?"

─내 옆에.

"바꿔봐."

혜주가 김인준을 바꾸는 동안 선우는 휴대폰을 우주희에게 내밀었다.

우주희는 영문을 모른 채 휴대폰을 손에 쥐고 선우를 바라보며 물었다.

"누군데요?"

"받아봐요."

우주희는 조심스럽게 휴대폰을 귀에 댔다.

"여보세요."

―주, 주희야?

"아……."

우주희의 얼굴이 경악으로 물들었다.

"이, 인준 씨?"

―그래, 나야! 주희 너 어디 있는 거야? 괜찮아? 무사한 거야? 안 다쳤어?

김인준이 걱정의 말을 쏟아내자 우주희는 흐느껴 울었다.

"으흐흑! 난 괜찮아. 잘 있어."

우주희가 선우를 쳐다보았다.

"우리 이제 어떻게 할 거예요? 인준 씨 만날 수 있는 건가요? 만나게 해주세요!"

선우가 손을 내밀었다.

"저쪽에 전화 바꾸라고 하십시오."

선우는 휴대폰을 건네받고 혜주에게 말했다.

"혜주야, 적당한 곳 알아봐라."

―부산 어때? 해운대 우동에 아파트 괜찮은 거 있는데.

선우는 우주희를 쳐다보다가 고개를 끄떡였다.

"거기로 하자. 일단 김인준 씨 이리 데려와라."

―알았어.

우주희는 김인준을 이곳으로 데려오라는 선우의 말에 더욱 눈물을 흘렸다.

선우는 모험을 해서라도 김인준을 국정원에서 구해낸 것이 정말 잘했다는 생각이 들었다.

우주희가 우연히 찾아낸 저스틴 비버에 대한 정보가 줌왈트급 구축함 DDG−1000인 것으로 최종 확인됐다.

이 자료만 갖고서는 DDG−1000이 어떻게 태평양상에서 사라졌는지에 대한 원인은 알 수가 없다.

다만 이 자료는 현재 DDG−1000이 중국의 바닷가 항구가 아닌 내륙 깊숙한 곳에 감춰져 있는 장소를 나타내고 있었다.

종태가 모니터에 중국 지도를 띄우고 상하이에서 양쯔강을 거슬러 올라가다가 한 곳을 손으로 짚었다.

"여기야."

종태가 미간을 좁혔다.

"한자로 남… 경인데 뭐라고 읽지?"

선우가 대답했다.

"난징이야."

"난징 대학살 할 때 그 난징?"

"그래."

이종무가 어이없다는 표정을 지으며 말했다.

"지도를 보면 상하이에서 난징까지 3~4백 ㎞는 족히 넘을 텐데 어떻게 저기까지 끌고 간 거지?"

우주희가 설명했다.

"선배, 양쯔강은 엄청 크고 깊기 때문에 수만 톤짜리 배들도 거뜬하게 다녀요."

"그래?"

"그래도 DDG—1000처럼 특이하게 생긴 구축함이 수천만 명이 살고 있는 양쯔강 하류를 거슬러 올라갔다면 사람들 눈에 띄었을 텐데 말이야."

선우가 씁쓸하게 웃었다.

"위장을 했을 겁니다."

"아, 그렇군."

선우가 정리를 했다.

"DDG—1000이 태평양상에서 어떻게 감쪽같이 사라졌는지를 알면 좋겠지만, 지금은 그보다 DDG—1000이 난징에 있는 것을 우리 눈으로 확인하는 겁니다."

이종무가 고개를 끄떡였다.

"그게 순서지."

선녀가 끼어들었다.

"우리 눈으로 확인한다는 것은 우리가 직접 난징이라는 곳에 가야 한다는 건가요?"

그녀는 처음에 선우를 만났을 때보다 많이 온순해졌다. 날이 갈수록 선우의 진가를 조금씩 확인했기 때문이다. 지금의 선우는 그녀가 감히 함부로 대할 수 없는 대단한 존재인 것이 분명했다.

선우는 중국 지도가 떠 있는 모니터 옆 컴퓨터 자판을 두드려서 자료를 띄우고 자세히 들여다보다가 손으로 양쯔강 강가의 한 곳을 짚었다.

"유다이선박중공유한공사, 여기로군."

"부르기 쉽게 유다이조선이라고 하자."

이종무가 아쉬운 듯 말했다.

"위성사진이 있을까?"

선우가 고개를 가로저었다.

"놈들이 위성사진에 찍히도록 방치하진 않았을 겁니다."

"하긴, 위장을 했을 테니까 사람들이 봐도 몰랐을 테지. 우리가 직접 난징까지 가는 방법뿐인가?"

"제가 가겠습니다."

선우의 말에 이종무가 나섰다.

"내가 같이 갈까?"

"어허, 선배는 가만히 계세요. 내가 갈게요. 나는 중국어 좀 되거든요."

선녀가 점잖게 이종무를 타일렀다. 그녀는 이종무를 부르는 마땅한 호칭이 없었는데 우주희가 그를 선배라고 부르는 걸 보고 자기도 그렇게 부르기 시작했다.

두 사람은 같은 강력계 형사 출신이니 선배라고 해도 틀린 호칭은 아니었다.

이종무는 선우가 없을 때 새로 이사한 논현동 45평 아파트를 정리해야겠다고 생각했다.

그때 선우에게 전화가 왔다.

─삼촌, 도착했어.

혜주다.

"올려 보냈어?"

─그래. 지금쯤 현관 앞에 있을 거니까 문 열어줘.

선우가 현관에서 도어 스코프로 내다보자 야구 점퍼를 입은 핸섬한 20대 후반의 청년이 초조한 표정으로 두리번거리며 서 있는 모습이 보였다.

선우는 현관문을 열고 밖에 서 있는 사내의 팔을 잡고 안으로 끌어당긴 후 현관문을 닫았다.

쿵!

애인이 올 거라고 기대하고 있던 우주희는 선우 뒤쪽에 서 있다가 들어서는 사내를 보자마자 흐느껴 울면서 그에게 달려가 안겼다.

"으흐흑, 인준 씨!"

"주희야!"

우주희와 김인준은 마치 남북 이산가족처럼 서로 부둥켜안고 울음을 터뜨렸다.

줌왈트 팀이 거실 소파에 모여 앉아 있다.

"내가 수시로 전화할 테니까 종태 형은 집에 가서 컴퓨터 켜놓고 계속 상황 지켜보고 있어. 무슨 일이 있으면 상황 변화를 즉시 알려줘."

"알았어."

"종무 형님은 집에 가셔도 됩니다."

이종무는 미안한 표정을 지었다.

"그래도 되겠니?"

"일 보시고 대기하세요. 형님은 따로 할 일이 있습니다."

선우는 우주희와 김인준에게 당부했다.

"내가 돌아올 때까지 여기에서 절대로 나가면 안 됩니다."

"알았어요."

우주희와 김인준은 나란히 붙어 앉아서 손을 꼭 잡고 있었는데 우주희가 엷게 미소 지으며 대답했다.

두 사람은 선우에게 크게 고마워하고 있었다.

우주희는 다시 만난 김인준에게 자신이 국정원 직원이며 어떻게 해서 이런 상황에 처하게 됐는지를 자세히 설명했다.

김인준이 크게 놀란 것은 두말할 필요도 없었다. 하지만 그는 우주희를 너무나도 사랑했기에 모든 것을 이해했고, 그녀를 나무라지 않고 지금의 상황을 기꺼이 받아들였다.

이 오피스텔에는 생활에 필요한 모든 것이 갖추어져 있기 때문에 며칠 정도라면 구태여 밖에 나가지 않아도 편하게 지낼 수 있었다.

또한 종태와 이종무가 집에 가고 선녀는 선우를 따라서 중국에 가기 때문에 여긴 우주희와 김인준 두 사람뿐이다. 사랑이든 뭐든 편안하고 자유롭게 생활해도 된다.

그렇다고 해서 두 사람이 자신들의 미래에 대한 걱정이 없는 것은 아니었다.

이번 일로 인해서 김인준은 잘 다니던 직장에 나가지 못하게 되었고 우주희도 직장을 잃었다.

어쩌면 김인준은 앞으로 직장에 영원히 나가지 못하게 될지도 모른다.

또한 두 사람은 가족이나 친구를 비롯한 아는 사람들하고도 일체 연락을 하지 못하게 되었다.

그런 것을 생각하면 자신들의 앞날이 암담해서 미쳐 버릴 것만 같지만 다행히 두 사람은 이성적인 사람이라서 그 문제에 대해서는 앞으로 차분하게 생각하기로 했다.

어쨌든 지금은 두 사람이 별일 없이 무사히 함께 있는 것만으로도 다행이라고 여겼다.

선우는 전화번호 하나를 우주희에게 알려주었다.

"위급할 때는 이리로 전화하십시오."

클리너A의 전화번호다. 선우가 없더라도 클리너A는 이곳 스카이파크 1207호를 그림자처럼 지켜줄 터이다.

선우는 이종무를 따로 불러서 흰 봉투 하나를 내밀었다.

"3천만 원 수표로 넣었습니다. 이걸로 새집에 필요한 것들 장만하십시오."

"선우야!"

이종무가 깜짝 놀랐다.

"형님 연봉에서 선불로 미리 드리는 거니까 부담 갖지 마시고 편하게 쓰세요."

그렇지 않아도 이종무는 25평 아파트에서 45평으로 이사를 갔는데 아파트가 휑하니 썰렁하다는 아내 연정애의 전화를 받고는 마음이 답답했다. 이종무나 연정애 둘 다 수중에 단돈 100만 원도 없었기 때문이다.

이종무는 선우가 자신의 상사가 됐다는 사실을 새삼스럽게 실감했다. 그리고 선우의 자상한 배려심을 다시 한번 고맙게 느꼈다.

미국은 줌왈트급 구축함 DDG-1000을 강탈한 것이 중국의 소행이라고 잠정 결론을 내렸다.

수천 장의 위성사진을 판독한 결과 결정적인 단서를 잡았기 때문이다.

5월 14일 PM 9시 42분에서 10시 18분 사이에 서태평양 북마리아나제도 북서쪽 138㎞ 해상에 특기할 만한 상황이 발생한 것을 마침내 찾아냈다.

그 당시 DDG-1000의 남쪽 3.4㎞ 해역을 한 척의 선박이 지나갔는데, 확인해 보니 파나마 선적의 블루윙즈이라는 15만 톤급 컨테이너선이었다.

망망대해에서 3.4㎞ 거리라면 손을 뻗으면 닿을 만큼 가깝다고 할 수 있다.

DDG-1000은 서쪽 필리핀해를 향해 항해 중이고 컨테이너선 블루윙즈는 반대 방향인 동쪽 북태평양으로 항해하고 있었다.

그리고 두 척의 배는 3.4㎞의 거리를 두고 블루윙즈는 남쪽에서, DDG-1000은 북쪽에서 서로 마주 보면서 다가갔다.

그런데 PM 9시 45분에 DDG-1000이 갑자기 교신이 끊어지며 레이더에서 사라졌고, 그때부터는 위성사진에도 찍히지 않았다.

그리고 PM 10시 18분에는 컨테이너선 블루윙즈 한 척만 동쪽으로 항해하고 있는 영상이 위성사진에 찍혔다.

그런데 PM 9시 42분에는 그 해역에 없던 선박 두 척이

PM 10시 18분 이후에 위성사진에 찍혔다.

사라진 DDG-1000 북쪽 5.2km와 동쪽 6.8km 해역에서 5만 톤급 벌크선과 18만 톤급 유조선이 똑같이 서쪽으로 항해하고 있는 위성사진이 찍힌 것이다.

그리고 잠시 후 세 척의 선박은 각각 동쪽과 서쪽으로 서서히 멀어져 갔다.

미국은 DDG-1000의 실종 당시에는 이 세 척의 선박을 중요하게 여기지 않았다.

DDG-1000이 실종된 해역에 목격자라고 할 수 있는 세 척의 선박이 있기는 했지만 컨테이너선과 벌크선, 유조선인 그 선박들이 DDG-1000의 실종하고는 아무런 연관이 없다고 여겼기 때문이다.

미국은 어떻게 해서 DDG-1000이 불과 36분 사이에 감쪽같이 사라졌는지 여전히 실마리를 풀지 못하고 있었다.

그래서 다른 각도로 DDG-1000의 실종 원인을 찾으려고 부심했던 것이다.

막다른 벼랑 끝에 몰린 미국은 DDG-1000이 사라진 36분 동안 그 해역을 각기 다른 방향으로 항해한 세 척의 선박에 대해서 조사해 보았다.

컨테이너선 블루윙즈는 선적이 파나마이고, 벌크선은 말레이시아, 유조선은 코스타리카로서 각각 선적지가 달랐다.

그런데 그 선박들의 뒤를 캐본 결과, 세 척 모두 선주가 중국 다롄해운공사라는 사실이 드러났다.

세계 해운업계에서는 선박의 주소, 즉 선적(船籍)을 세금이나 항행 등 여러 가지 이유를 들어서 다른 나라로 정하는 경우가 비일비재했다.

하지만 이번에는 경우가 달랐다. 미국이 DDG—1000의 실종을 중국과 러시아 두 나라 중 하나의 소행일 거라고 강하게 의심하고 있는 상황이기 때문이다.

중국 다롄해운공사 소속 대형 선박 세 척이 DDG—1000 실종 해역 반경 7㎞ 이내에 있었다.

그것만으로도 중국이 DDG—1000을 격침시키거나 어떻게 했을 확률이 짙은데 또 다른 사실 하나가 드러났다.

당시 세 척의 선박 바깥쪽으로 반경 50㎞ 이내 해역을 항해하던 선박이 각각 다른 나라 선적의 네 척이었는데, 그 선박들이 PM 9시 45분부터 PM 10시 18분까지 33분 동안 선박의 모든 전자장치가 마비됐다고 증언한 것이다.

그것은 DDG—1000의 교신이 끊어지고 레이더에서 사라진 시간인 PM 9시 45분과 일치했다.

그리고 반경 50㎞에서 100㎞ 이내에는 총 열세 척이 항해 중이었으며, 그 선박들은 33분 동안 전자장치의 심한 전파 방해를 받았다고 한결같은 증언을 했다.

조사 결과가 이 지경에 이르게 되니 미국으로서는 중국을 의심하지 않을 수가 없게 되었다.

중국이 어떤 방법을 사용하여 DDG—1000을 격침시키거나 실종시켰는지 모르지만 추측하건대 강력한 전자파가 사용됐을 것이라고 전문가들은 입을 모았다.

그랬기 때문에 DDG—1000과의 교신이 끊어졌으며 레이더에도 잡히지 않은 것이라고 판단했다.

그래서 미국은 그런 사실들을 입증할 증거들을 제시하며 중국을 강하게 추궁했다.

하지만 중국은 자신들은 전혀 모르는 일이라고 모르쇠로 일관하고 있으며 외려 미국이 생트집을 잡고 모함한다면서 발끈하고 있는 상황이다.

미국으로서는 중국이 범인이라는 좀 더 확실한 증거가 절실하게 필요한 상황이었다.

그래야지만 군사적으로든 경제적으로든 중국을 강하게 압박할 수 있기 때문이다.

제23장
대국(大國)? 개가 웃겠다

선우가 선녀의 차로 공항으로 이동하고 있을 때 종태로부터 전화가 걸려 왔다. 받자마자 그의 다급한 목소리가 튀어나왔다.

—선우야! 중국의 자료들이 인터넷상에서 깡그리 삭제됐다!

불길함이 선우의 뒷골을 때렸다.

"무슨 소리야?"

그는 종태의 말이 무슨 뜻인지 짐작하면서도 확인하는 차원에서 그렇게 물었다.

—아까까지만 해도 떠 있던 모든 자료가 갑자기 펑, 하고

사라져 버렸어! 중국 측에서 없앤 거야! 너한테 보낸 자료밖에 남지 않았어!

미국의 압박에 위기를 느낀 중국이 단서가 될 만한 모든 자료를 무차별적으로 없애고 있는 것이다.

"아차."

—왜 그래? 뭐 생각나는 것 있냐?

"형, 나중에 얘기하자."

—알았어.

선우는 종태와 통화를 끝내자마자 휴대폰으로 이메일을 열어서 종태가 보낸 저스틴 비버에 대한 자료를 열어보지도 않고 압축해서 주한 미국 대사 로건에게 보냈다.

그 자료를 여는 순간 중국 측에서 심어놓은 농간에 빠질 수 있기 때문이다.

로건은 패스워드가 없는 이상 절대로 파일을 열지 못할 테니까 나중에 선우가 얘기해 주면 된다.

선우에게 있던 자료가 유일한 것이므로 그것을 증거로 남기려는 것이다.

줌왈트 팀이 처음 작업실로 사용하던 오피스텔이 습격을 당한 이유는 저스틴 비버에 대한 파일에 접속하는 순간 중국 측에게 추적을 당했기 때문이다.

저스틴 비버 파일을 선우에게 보낸 순간 선우의 IP도 중국으로부터 추적을 당했겠지만 그의 IP는 차명으로 전혀 다른 위치에 만들어놨기 때문에 상관이 없었다.

선우는 자신의 컴퓨터를 완전히 대청소하는 클리닉을 시작해 놓고는 배터리를 빼낸 휴대폰을 창밖으로 버렸다.

이 휴대폰으로 이메일을 열었기 때문에 추적을 당했을지도 모르는 일이다.

콰작!

아스팔트에 떨어진 휴대폰은 뒤차에 의해서 즉시 박살이 나버렸다.

선우는 운전하고 있는 선녀에게 손을 내밀었다.

"전화 좀 씁시다."

운전을 하면서 선우의 행동을 지켜보던 선녀는 즉시 자신의 휴대폰을 선우에게 내밀었다.

선우는 혜주에게 전화했다.

"난징 가는 항공편 알아봤어?"

─우리 비행기로 가는 거 아냐?

둘 사이에 혼선이 있던 것 같다. 선우는 난징에 가야겠다고 얘기하면서 혜주가 항공편을 알아보고 예약해 주기를 원했는데, 혜주는 당연히 자가용 제트여객기로 갈 거라고 짐작한 모양이다.

"그렇게 하면 우리가 타고 갈 비행기를 보고 저쪽에서 신경을 곤두세울 거야. 그러면 행동하는 데 좋지 않아. 난 중국에서 자유롭게 돌아다녀야 한다구."

대한민국 재계 1위인 성신그룹의 회장 전용기가 난징공항에 착륙한다면 어떤 상황이 벌어질지 뻔했다.

―그럼 어떻게 할까?

"민항기로 난징 직항이나 상하이 가는 항공편 시간 봐서 적당한 거 예약해."

―알았어.

선녀는 운전하면서 자꾸 선우를 힐끔거렸다.

그녀는 아무리 봐도 선우가 신비하기 짝이 없었다. 지금껏 며칠 동안 지켜본 바에 의하면 그가 단순한 골드펑거가 아닌 것만은 분명했다.

선녀는 선우가 가끔 전화 통화를 하는 '혜주'라는 사람이 그의 여비서든가 아니면 최측근일 거라고 생각했다.

선우가 아무리 위급하고 절박한 상황에 처하더라도 '혜주'라는 사람에게 전화 한 통화 하면 일사천리로 처리되는 것을 보면서 '혜주'든지 아니면 선우 둘 중에 한 사람이 굉장한 사람이라고 생각했다.

선녀는 갈림길이 다가오자 선우에게 물었다.

"어디로 가요?"

선우는 인천공항과 김포공항 갈림길이 얼마 남지 않은 것을 알고 잠시 생각하다가 대답했다.

"김포공항으로 갑시다."

"저가 항공 타려고요?"

김포공항에 중국으로 가는 저가 항공이 여러 편 있다는 걸 선녀는 알고 있었다.

갈림길에서 차가 김포공항으로 방향을 잡았을 때 혜주의 전화가 왔다.

─삼촌, 지금 당장 난징이나 상하이로 가는 항공편은 없어. 그래서…….

"알았다."

─도착하면 좀 놀랄 일이 있을 거야.

"뭔데?"

─도착하면 알게 될 거야.

혜주는 놀랄 일이 뭔지 말하지 않았다.

"선녀 씨, 저쪽으로 갑시다."

선녀가 김포공항에서 일반 주차장 쪽으로 가려고 하자 선우는 다른 방향을 가리켰다.

선녀는 김포공항에 몇 번 와본 적이 있지만 선우가 가리키는 방향으로는 가본 적이 없었다. ㄱ쪽은 일반인 출입 금지로 알고 있었다.

그래도 그녀는 이것저것 묻지 않고 그가 가리키는 방향으로 차를 몰았다.

그러나 선녀는 전방에 활주로 안으로 진입하는 검문소가 보이자 살짝 브레이크를 밟고 선우를 쳐다보았다.

"그냥 가세요."

선우의 말에 선녀는 클레임이 걸렸다.

"공항 경찰이 지키고 있잖아요."

"그냥 가세요."

선우가 같은 말을 한 번 더 반복해서야 선녀는 그가 보통 사람이 아니라는 사실을 퍼뜩 깨달았다.

차단기가 내려지고 공항 경찰이 운전석으로 다가오자 선녀는 창문을 내렸다. 하지만 공항 경찰에게 무슨 말을 해야 할지는 몰랐다.

공항 경찰이 차 안을 들여다보았다. 선녀는 공항 경찰이 자신이 아니라 선우를 보더니 차렷 자세를 취하면서 경례를 하는 것을 보았다.

공항 경찰은 미리 연락을 받았으며, 사진으로 받은 선우의 얼굴을 확인하고는 통과시켰다.

차단기가 올라가고 마르스556이 노을이 지고 있는 공항 안으로 굴러 들어갔다.

선녀는 깊은 생각에 잠겨 있는 선우를 힐끗 쳐다보았다.

도대체 깊이를 알 수 없는 사람이다.

그러나 한 가지 분명한 것은 이제 선녀에게 목숨을 바쳐서 충성할 만한 든든한 상사가 생겼다는 사실이다.

선우는 어쩔 수 없이 자가용 제트여객기를 타고갈 수밖에 없게 되었다.

"어, 어디로 갑니까?"

생전 처음 들어와 본 곳이라서 선녀는 허둥거렸다. 저만치 거대한 제트여객기 한 대가 엔진 굉음을 내면서 서 있고, 제트여객기 옆구리에 트랩이 내려져 있는데 그쪽으로 가는 건 아닌 듯했다.

"저 여객기 트랩 앞으로 가세요."

"예?"

선녀는 너무 놀라서 제트여객기로 가는 대신 브레이크를 밟고 동그랗게 뜬 눈으로 선우를 쳐다보았다.

문득 선우는 선녀를 보면서 지금 상황하고는 상관없이 놀라고 있는 선녀의 모습이 무척 예쁘다는 생각이 들어서 저절로 미소가 떠올랐다.

그 바람에 이런 이상한 상황을 선녀에게 보여야 한다는 께름칙한 마음이 어느 정도 풀어졌다.

"우리 저 여객기 타고 갑니다. 가세요."

하나 선녀는 여객기 트랩 아래 조종사 두 명과 늘씬한 여자가 서 있는 광경을 놀란 표정으로 바라볼 뿐 움직이지 않았다.

"선녀 씨."

"아, 네. 가, 갑니다."

선녀는 차를 몰아 여객기 트랩 앞에 멈추었다.

어디선가 나타난 정장 입은 사내 두 명이 운전석과 조수석을 정중한 동작으로 열어주었다.

선우가 트랩으로 다가가자 두 명의 조종사와 선우와 안면이 있는 팔대호신가 송보가의 송자연이 공손히 허리를 굽히며 인사했다.

"어서 오십시오, 도련님."

세 사람의 합창에 뒤따라오던 선녀는 기절할 정도로 놀랐다.

'도… 련님?'

"탑시다."

선우는 씁쓸한 얼굴로 선녀에게 트랩에 오르기를 권하고 자신이 먼저 트랩을 걸어 올라갔다.

거대한 보잉757에 오르자 전 승무원이 통로에 길게 늘어서서 이마가 바닥에 닿을 정도로 허리를 굽히면서 합창했다.

"어서 오십시오!"

선우는 선녀하고 같이 차를 타고 오는 바람에 미리 조율해 놓지 못해 이런 상황을 초래하게 되어 못내 씁쓸했다.

혜주한테 다른 사람을 데려간다고 미리 전화를 해두었으면

비록 자가용 제트여객기를 타고 가더라도 무슨 변명거리를 만들 수 있었을 것이다.

늘어선 승무원들의 끝에 혜주가 서 있다가 선우를 발견하곤 배시시 예쁜 미소를 지었다.

"어서 와."

선우는 혜주가 있는 걸 보고 조금 놀랐다.

"너 여기 웬일이야?"

"놀랄 일이 있다고 했잖아. 나도 같이 갈래."

혜주는 앞으로 다가온 선우의 손을 두 손으로 잡고 몸을 밀착할 듯이 다정하게 말하며 방실 미소 지었다.

"오랜만에 삼촌하고 같이 여행하고 싶어."

선우는 혜주의 애교에 픽 웃었다. 혜주는 원래 얼음처럼 차가운 성격인데 선우와 숙질간이 된 이후부터는 그에게만 가끔씩 약하게 애교를 부렸다.

혜주는 선우 혼자 오는 줄 알고 있다가 선우 뒤에 있는 선녀를 발견하고는 조금 어색한 표정을 지었다.

지금 같은 상황에서는 선우를 어떻게 상대해야 할지 곤란한 것이다.

선우는 일이 이렇게 된 이상 선녀에게 사실대로 다 말하지는 못하더라도 애써 감추려고 하지 않았다.

상황이 이런데 감추려고 하면 더 이상하고 그런 건 선우의 성격에도 맞지 않았다.

그는 혜주에게 다가가 고개를 끄떡였다.

"괜찮아, 혜주야."

그의 말에 혜주가 비로소 푸근한 미소를 지었다.

"이륙 준비 끝났어. 출발하면 돼."

선우는 고개를 끄떡이고 나서 꿔다놓은 보릿자루처럼 서 있는 선녀를 소개했다.

"이쪽은 나하고 같이 일하는 선녀 씨야."

혜주가 아름다운 미소를 지으며 손을 내밀었다.

"어서 와요."

그러나 선녀는 이날까지 살면서 한 번도 본 적이 없는 기가 막히게 아름다운 미인을 보면서 넋이 나가 있어 혜주의 말을 듣지 못했다.

제트여객기 보잉757이 이륙한 후 혜주가 잠깐 자리를 비웠을 때 선우는 선녀에게 말해주었다.

"나에 대해서 궁금하겠지만 아무것도 묻지 마십시오. 알겠습니까?"

그때까지도 선녀는 멍한 표정이다가 고개를 끄떡였다.

"알… 았어요."

그녀는 자신이 이렇게 바보 같은 표정에 덜떨어진 행동을

하게 될 줄은 예상하지 못했다. 게다가 그런 사실을 지금도
자각하지 못하고 있었다.

그녀는 매사에 똑 부러지고 세상의 그 무엇도 자신을 놀라
게 하거나 주눅 들게 하지 못할 거라고 장담했는데 이제는 그
게 무너져 버렸다.

잠시 후 조종석에 갔던 혜주가 돌아와 선우에게 A4용지 크
기의 사진 몇 장을 건네면서 옆에 앉았다.

"사람을 시켜서 난징에 있는 유다이조선 사진과 동영상을
찍게 했어."

세 사람은 마주 보는 최고급 소파에 앉아 있었는데 선우와
혜주는 나란히, 그리고 선녀는 맞은편에 앉았다.

선우가 사진을 보기 전에 보잉757의 승무원 팀장인 송자연
이 다가와 공손히 물었다.

"식사 준비를 할까요?"

그러고 보니 날이 벌써 어두워졌다.

선우가 고개를 끄떡였다.

"부탁해요."

선우는 혜주가 준 사진을 차례로 보았다. 모두 다섯 장인데
한 장도 허투루 찍지 않아서 버릴 게 없었다.

하나같이 DDG−1000이라고 의심할 만한 거대한 선박을
찍은 사진이다.

사방은 물론 천장까지 막힌 장소의 도크 같은 곳에 있는 회색의 선박은 그곳까지 옮기느라 도색을 한 것 같은데 한눈에도 DDG-1000이라는 것을 알아볼 수 있었다.

목적지에 도착했기 때문에 더 이상 위장할 필요를 느끼지 못했는지 원형을 거의 되찾은 모습이다.

사진 다섯 장은 모두 그 장소 가까이에서 찍었기 때문에 선명했으며 위에서 아래로 찍은 사진에는 위장을 벗겨낸 DDG-1000의 모습이 더욱 확연하게 드러났다.

유다이조선의 내부 사람이 아니고는 이런 사진을 찍을 수가 없을 것이다.

"이건 동영상이야. 한번 봐."

혜주는 USB를 기기에 넣고 대형 화면에 동영상을 띄웠다.

TV에 많은 기술자가 DDG-1000에 달라붙어서 무슨 작업을 하는 광경이 나타났다.

윙윙거리기도 하고 땅땅 쇠를 두드리는 소리가 나면서 DDG-1000의 모습을 전후좌우, 그리고 위에서 아래로 찍은 5분 남짓한 동영상이었다.

그리고 마지막에는 유다이조선 정문에서 '유다이(玉帶) 선박중공유한공사'라는 상호가 나타나게 촬영했다.

동영상 재생이 끝난 후 선우는 사진을 혜주에게 주면서 지시했다.

"이거 로건에게 보내."

"알았어."

혜주가 일어서는데 송자연이 휴대폰을 하나 갖고 왔다.

"도련님, 전화 왔습니다."

선우의 전화는 버렸지만 그의 예전 번호를 그대로 사용하는 휴대폰은 얼마든지 있었다.

그의 휴대폰이 버려지는 순간 또 하나의 새 휴대폰이 생성되는 것이다.

마침 로건이 전화를 했다.

"아, 미스터 로건."

─선우 씨, 나한테 보낸 이메일이 뭡니까? 전문가들이 아무리 애를 써도 패스워드를 알아낼 수가 없어요.

선우는 나직하게 웃었다.

"제가 파일을 압축해서 암호를 걸어놨습니다."

─열어보지 말라는 뜻입니까?

"그걸 열면 DDG─1000에 대한 파일을 주한 미국 대사관에서 해킹했다고 중국 측에서 의심할 겁니다."

─아!

로건은 너무 놀라서 나직한 감탄사만 터뜨리다가 갑자기 비명처럼 외쳤다.

─오, 마이 갓! 줌왈트를 찾은 겁니까?

"찾은 것 같습니다."

─원더풀! 핫핫핫! 이제 됐습니다!

로건이 환호하는 반면 선우는 차분했다.

"그 파일을 여는 순간 중국에 추적을 당합니다."

─상관없습니다.

"그러지 말고 증거로 보관하고 계십시오. 나중에 패스워드를 가르쳐 드리겠습니다."

─선우 씨!

로건이 숨이 끊어질 것처럼 선우를 불렀다.

선우는 그가 절실하게 필요로 하는 얘기를 해주었다.

"제가 방금 팩스로 사진 몇 장을 보냈으니까 지금 확인해 보십시오."

─사진입니까?

로건은 누군가에게 팩스를 확인하라고 고함을 질렀다.

그랬더니 잠시 후 쿠당탕, 하는 소리와 함께 누군가 비명을 지르며 달려왔다.

─미스터 로건, DDG─1000입니다! 오, 마이 갓!

선우는 로건이 팩스를 보고 그것이 DDG─1000이 맞는지 확인해 줄 때까지 기다렸다.

전화상으로 부스럭거리는 소리와 고함 소리, 그리고 거친 숨소리가 들려왔다. 로건이 팩스로 보낸 사진을 확인하고 있는 중인 것 같다.

그러고는 깊은 물속처럼 잠시의 정적이 지난 후 로건의 환호성이 터졌다.

—WOW! 이거 DDG—1000이 맞습니다!

"틀림없습니까?"

—전문가에게 보여야 정확한 걸 알겠지만 이 사진만으로도 95% DDG—1000이 분명합니다!

로건은 숨도 쉬지 않고 말을 이었다.

—선우 씨, 이거 지금 어디에 있습니까?

"중국에 있습니다."

—으음, 역시 중국 짓이었군요. 중국 어딥니까?

"제가 지금 DDG—1000이 있는 곳으로 가고 있는 중입니다. 제 눈으로 직접 보고 최종적으로 확인하면 그때 장소를 알려 드리겠습니다."

—선우 씨!

로건이 지금 어떤 심정인지 충분히 짐작하고도 남는다. 그는 온 세상을 다 얻은 것 같은 기분일 터이다.

그렇지만 선우는 정확하게 확인하기 전에는 알려주지 않을 생각이다.

"끊습니다."

—선우 씨!

로건이 고함을 질렀다.

뚝.

선우와 혜주, 선녀는 기내 식당으로 자리를 옮겨서 식사를 하고 있는 중이었다.

식탁 주위에는 승무원 복장의 늘씬하고 아름다운 승무원들이 세 사람 옆에서 서빙을 하고 있다.

커다란 식탁에 차려진 요리들은 선녀로선 태어나서 한 번도 본 적이 없는 것들뿐이다.

아니, 저 커다란 로브스터와 킹크랩은 TV에서 본 적이 있지만 먹어본 적은 없다.

더구나 아름다운 아가씨들이 어떤 요리든지 먹기 좋게 손질해서 세 사람 앞에 놔주는 덕분에 선녀는 인생 최대의 호강을 누리고 있다.

"삼촌 오피스텔 습격했던 놈들 말이야."

혜주는 승무원이 따라준 와인을 가볍게 흔들면서 선우를 바라보았다.

"중국인들이야."

선우가 고개를 끄떡였다.

"그럴 줄 알았어."

"중국 국가안전부 소속 요원들인데 현재 중국 대사관에서 직원으로 근무하고 있어."

줌왈트 팀의 첫 번째 작업실이던 오피스텔에 침입한 정장 사내들을 선녀와 이종무, 우주희가 총으로 쏴서 죽인 후 클리너A가 청소했는데, 살아남은 자들을 스포그에서 심문한 결과를 지금 혜주가 말하고 있었다.

"주한 중국 대사관은 아주 조용해. 직원 실종 신고 같은 건 아예 없고 말이야."

전 세계 어느 대사관이라도 무관(武官)이라는 지위의 군인들이 적게는 몇 명에서 많게는 몇십 명까지 근무하고 있는데 주한 중국 대사관도 예외는 아니었다.

대사관에서는 정장을 입고 있으며 직업은 군인이지만 이들은 사실 거의 대부분이 자국의 첩보원이다.

이들은 타국에서 작전 중에 죽으면 그야말로 개죽음이다. 자국의 이익을 추구하다가 타국에서 죽었기 때문에 어디 드러내 놓고 자랑할 수 있는 죽음이 아니었다.

또한 그 나라에서는 그들의 죽음을 따질 수도 없었다. 그 나라에서 위법을 행하다가 죽었으므로 어디 하소연할 데가 없는 것이다.

"주한 중국 대사관에서는 우리가 누군지 아나?"

혜주는 고개를 가로저었다.

"모를 거야. 삼촌이 DDG─1000에 대한 파일을 해킹하니까 그 즉시 조건반사적으로 주한 중국 대사관의 국가안전부 요원들을 보낸 거였어."

그녀는 와인 안주로 캐비어를 맛있게 먹었다.

"중국 국가안전부 요원 여섯 명이 졸지에 증발해 버렸으니까 그쪽에선 난리가 났을 거야."

그녀는 희고 가느다란 손가락에 묻은 캐비아를 쪽쪽 빨아 먹었다.

"그리고 국정원은……."

선우가 손을 들었다.

"그 얘긴 나중에 하자."

"그래."

혜주는 북한에서 온 남파 공작원들이 선우를 죽이려고 한 것과 국정원 저격수가 선우를 암살하려고 한 일에 대한 보고를 하려다가 선우의 제지를 받았다.

난징공항에 착륙한 선우의 보잉757에서 일남 이녀가 내렸다.

앞선 여자는 일국을 망하게 한다는 경국지색의 미모를 지녔으며 멋진 투피스 정장을 입고 도도하게 턱을 치켜든 채 거칠 것 없다는 듯한 태도로 걸었다.

그리고 캐리어를 끌고 서류 가방을 든 일남 일녀가 나란히 그녀를 뒤따랐다.

두 사람은 누가 보더라도 앞선 여자의 비서나 수행원인 것 같았다.

남자가 대기하고 있는 벤츠 마이바흐의 뒷문을 열어주자 경국지색의 여자가 타고 남자는 그 옆에 탔으며 서류 가방을 든 여자는 조수석에 탔다.

이어서 마이바흐가 어두운 난징공항을 빠져나갔다.

경국지색의 여자가 옆자리에 앉은 수행원 같은 남자의 손을 만지작거리면서 염려스러운 표정을 지었다.

"삼촌, 조심해야 해."

"알았어."

"여긴 중국이야. 법 위에 공산당이 군림하는 공산국가라는 사실을 잊으면 안 돼."

사람들은 중국하고 여러모로 교류가 활발하니까 중국이 자유국가라고 착각하고 있지만, 사실 중국은 언제라도 돌변할 수 있는 지구상에 마지막 남은 공산국가였다.

북한은 공산국가가 아니다. 그들은 3대째 세습으로 왕권을 잇고 있는 왕조였다.

"난징에 있는 우리 직원이 삼촌을 유다이조선까지 안내할 거야. DDG-1000을 확인한 다음에는 즉시 거기에서 빠져나와야 해. 알았지?"

선우는 혜주가 엄마나 누나처럼 군다는 것을 느꼈다.

"혜주야, 오늘따라 잔소리가 심하다?"

혜주는 나이보다 어리게 보여서 선우와 동갑이거나 기껏해야 한두 살 많게 보였다.

"내가 왜 그러는 줄 알아?"

"왜 그러는데?"

혜주는 손을 뻗어 두 손으로 선우의 머리를 잡고 끌어당겨 입술을 그의 귀에 붙이고 속삭였다.

"삼촌이 미가에서 대기하고 있는 팔대호신가에서 선발된 여자들 중에 한 명이라도 임신을 시켰다면 내가 이렇게까지 잔소리하진 않아."

선우가 머리를 빼려는 걸 혜주가 힘주어서 잡고 할 말을 계속했다.

"삼촌한테 무슨 일이 생기면 어떻게 되는지 알아?"

거기에 대해서 선우는 한 번도 심각하게 생각해 본 적이 없었다. 자신이 무슨 일을 당할 것이라고 생각한 적이 없기 때문이다.

"신강가의 대가 끊어지는 거야. 그렇게 되면 팔대호신가고 뭐고 모조리 공중분해야. 스포그도 해체되고 수천만 명에 달하는 사람들이 구심점을 잃고 뿔뿔이 흩어지는 거야."

"……."

선우는 갑자기 가슴이 먹먹해져서 아무 말도 하지 못했다. 정말이지 그런 것까지는 한 번도 생각해 보지 않았다.

그렇지만 혜주의 말이 맞았다. 신강가는 천여 년 전부터 오로지 아들이든 딸이든 외아들, 외딸로 이어져 왔다.

그랬기 때문에 팔대호신가가 신강가의 재신을 목숨 바쳐서 수호했던 것이다. 재신이나 재신이 되기 전의 도련님이 죽으면 신강가와 팔대호신가, 스포그의 모든 것이 저절로 와해되기 때문이다.

혜주는 선우의 표정이 진지해지는 것을 보고 잡고 있던 그의 머리를 놔주며 속삭였다.

"옛 재신이나 도련님들이 어떤 식으로 후손을 보존했는지 삼촌은 알고 있어?"

거기에 대해서 선우는 들은 바가 없다. 그가 공부한 신강사관에서도 그것에 대해서는 교육을 받은 적이 없으며 집사인 오진훈도 선우의 후사에 대해서는 얘기해 준 적이 없었다.

"삼촌이 미가에 가게 되면 거기에서 따로 교육을 받게 될 거야. 미가는 팔대호신가의 염화가(艶花家)에서 담당하는데 미가주(美家主)가 삼촌한테 모든 걸 설명할 거야."

"뭘 설명해?"

지금 이 순간 선우는 제법 큰 충격을 받은 탓에 바보가 돼 버린 것 같았다.

"갑자기 바보가 된 거야, 아니면 바보인 척하는 거야?"

조수석의 선녀는 뒤에서 속삭이는 소리가 나다가 갑자기 조용해지자 슬며시 뒤를 돌아보았다.

혜주가 뭐라고 열심히 말하고 있으며 선우는 묵묵히 듣고 있는데 말소리가 전혀 들리지 않았다.

이상하다 싶어서 이리저리 살피다가 선녀는 실소를 지었다. 앞좌석과 뒷좌석 사이에 유리 벽이 쳐져 있는 것을 발견했기 때문이다.

"그런 말도 안 되는……."

선우는 어이없다는 표정을 지었다.

"뭐가 말도 안 돼? 미가주가 삼촌에게 해줄 말의 일부분을 내가 대신 해준 거야."

혜주의 말인즉 신강가의 재신이나 도련님은 집을 떠나서 외유를 할 때에는 반드시 미가나 팔대호신가의 직계혈족 젊은 여자와 동행해야 한다는 규정이 있다는 것이다.

동행해야 하는 여자는 반드시 임신을 할 수 있는 가임기의 여성이어야 하고 배란기여야 한다.

미가의 여자들을 통칭 미가인(美佳人)이라고 하며 동행한 여자하고는 반드시 매일 동침을 해야만 한다. 임신이 목적이기 때문이다.

"내가 설마 삼촌한테 거짓말을 하겠어?"

혜주가 거짓말을 할 리도 농담을 할 리도 없다.

"삼촌이 미가에 들러야만 미가주에게 모든 설명을 다 들을 텐데 워낙 바쁜 데다 삼촌이 여자한테는 통 관심이 없으니까 팔대가주들도 고민이 많아."

"그래서 너도 고민이야?"

혜주도 팔대호신가의 가주다. 신강가를 호위하는 호신민씨의 일대(一代)로서 민영가(閔影家)의 가주이다.

참고로 민영가는 팔대호신가 중에서 오위가에 이어서 제이위의 서열이다.

혜주가 선우를 곱게 흘겼다.

"그럼 고민이지 않고."

그녀는 다짐을 주듯 말했다.

"어쨌든 이번 정기총회에서는 팔대가주들이 그 문제도 다룰 테니까 그렇게 알고 있어."

선우는 씁쓸한 표정을 지었다.

그는 여자에게는 그다지 관심이 없는 편이다. 그는 젊디젊은 청년이기 때문에 이따금 끓어오르는 성욕 때문에 애를 먹기는 하지만 참지 못할 정도는 아니었다. 그런 면에서 그는 수양이 잘돼 있었다.

30분 후 선우 일행이 탄 마이바흐가 난징 시내 힐튼호텔로 들어섰다.

그리고 20분 후 힐튼호텔 지하 주차장에서 중국에서 흔히 볼 수 있는 폭스바겐 파사트 중형 승용차가 나오는 것을 아무도 눈여겨보지 않았다.

파사트 운전석과 조수석에는 절반쯤 중국 현지 사람이 다 된 스포그 사람이 타고 있으며, 뒷자리에는 선우와 선녀가 나란히 앉아 있었다.

"유다이조선으로 곧장 갑시다."

선우가 한국어로 주문하자 조수석의 40대 중반 사내가 공손하게 대답했다.

"그러겠습니다."

파사타를 운전하는 사람과 조수석의 사람은 스포그 산하의 기업체 중국 상하이에 파견된 직원이지만 선우가 누군지는 모르고 있다.

"상황을 설명해 주십시오."

선우의 주문에 조수석의 사내가 정중하면서도 조용한 목소리로 말문을 열었다.

"저희 회사는 원래 유다이조선하고 교류가 있었습니다. 저희 회사의 선박 엔진과 몇 가지 부품을 유다이조선에 공급하고 있기 때문입니다. 어제 본사의 지시를 받고 서둘러서 유다이조선의 상무급 간부를 포섭했습니다. 보내 드린 사진과 동영상은 그 사람이 찍은 것입니다."

자신을 황상조라고 소개한 사내는 브리핑을 많이 해본 듯한 솜씨로 설명을 이었다.

"잠시 후에 귀하는 유다이조선 상무의 권한으로 혼자 유다이조선에 들어가게 될 겁니다. 하지만 몸에 아무것도 소지할 수 없으며 한 시간 후에 나와야 합니다. 그 정도로 괜찮겠습니까?"

선우는 고개를 끄떡였다.

"그 정도면 충분합니다, 황상조 씨. 유다이조선의 상무는 누가 포섭했습니까?"

"제가 했습니다."

"수고했습니다. 당신 희망이 무엇입니까?"

선우는 큰 공을 세운 황상조에게 상을 주고 싶었다.

"제 소원을 말씀하시는 겁니까?"

"그렇습니다."

황상조는 겸손한 표정을 지었다.

"현재 생활에 만족하고 있으며 신강가의 큰 은덕을 입고 있으므로 개인적인 소원은 없습니다."

선우는 그의 말이 진심이라는 것을 느꼈다.

"개인적인 소원이 없다는 것은 다른 커다란 희망 같은 것이 있다는 뜻입니까?"

"저희 가문의 소원이 있습니다만,"

"뭡니까?"

황상조는 전면을 바라보면서 두 손을 맞잡고 경건한 자세로 말했다.

"저희 황림가(黃林家)의 소가주(小家主)이신 황아미께서 도련님의 성은을 입기를 간절히 바랍니다."

선우는 '도련님의 성은'이란 것이 도련님과 동침하여 임신하는 것을 뜻한다는 사실로 이해했다.

"그리하여 그 아기씨가 태어나면 저희 황림가의 다음 대 가주가 되시기를 희망합니다."

만약 신강가의 도련님이나 재신이 죽는다면 그 아기씨가 다음 대 신강가의 후계자가 될 가능성도 있다.

황상조는 슬쩍 얼굴을 붉혔다.

"제가 처음 뵙는 분께 주제넘는 말을 했군요. 부디 마음에 두지 마십시오."

"괜찮습니다."

선우는 지나가는 말처럼 물었다.

"황림가의 소가주께선 무슨 일을 하십니까?"

"미가에 계십니다."

"그렇군요."

선우 옆에 앉은 선녀는 이들이 도대체 무슨 대화를 나누고 있는지 도무지 이해하지 못했다.

그때 황상조가 저만치 어둠 속에 나타난 거대한 성 같은 건물을 가리키며 말했다.

"저기가 유다이조선입니다."

파사트 안에서 유다이조선의 작업복으로 갈아입은 선우는 차에서 내리려고 손잡이를 잡았다.

"조심해요."

선녀가 그의 어깨에 손을 얹으며 말했다.

"알겠습니다."

선우는 대답하고 차에서 내렸다.

"이리 오십시오."

황상조가 앞섰다.

유다이조선은 양쯔강 강변에 자리 잡고 있었다.

황상조의 설명에 의하면 유다이조선은 중국에서 다섯 번째로 큰 조선소라고 한다.

오랜 세월 동안 대한민국이 세계 선박 수주 1위를 지켜오다가 지난 몇 년 동안 중국에게 1위 자리를 내주었는데, 작년부터 대한민국이 다시 압도적인 수주량으로 1위를 탈환했다.

원래 처음부터 중국은 대한민국하고 게임이 되지 않았다.

중국은 조선업에서 양적 팽창만을 위해서 제 살 깎아먹기라는 방법을 추구해 온 것이다.

중국이 필요로 하는 선박은 무조건 중국 내 조선소에 제조를 맡겨야 하는 것이 중국 공산당 지도부의 지상명령이었다.

선박 제조, 특히 첨단 과학 기술력이 집약된 선박의 제조에 있어서는 중국의 기술력이 대한민국보다 현저하게 떨어지는데도 막 밀어붙였다.

또한 전 세계의 연간 선박 수주는 일정한데 중국이 공격적으로 저가 수주 작전에 나서 단기간에 선박 수주로 대한민국을 앞질렀던 것이다.

그러나 밑 빠진 독에 물 붓기는 오래 버티지 못했다. 한때 우후죽순처럼 자고 나면 몇십 개씩 생겨나던 중국의 조선소들이 막다른 곳에 이르자 마치 겨울바람의 낙엽처럼 우수수 줄도산을 하기 시작했다.

그리고 이제는 중국 내 10위권을 다투는 내로라하는 거대 조선소들마저 눈덩이처럼 불어난 적자에다 일감이 없어서 이중고에 허덕이고 있었다.

그중에서도 유다이조선은 그나마 선전하고 있는 셈이다.

"중국어를 잘하신다고 들었습니다."

컴컴한 유다이조선 담을 따라서 걸어가며 황상조가 말했다.

"조금 합니다."

"뒷문으로 상무가 나오기로 했습니다. 그 사람 이름은 츄인밍입니다."

유다이조선의 담은 매우 길어서 5분이나 걸어서야 저만치 끝이 나타났다.

"들어가서 뭘 하실 겁니까?"

"우선 DGG−1000이 맞는지 확인부터 할 겁니다."

황상조가 흠칫 놀라 걸음을 멈추었다.

"확인하는 것 말고 다른 일이 있습니까?"

확인만 하면 간단하지만 다른 일이 있다면 일이 어려워질 수도 있었다.

선우는 DDG−1000을 확인한 후의 일을 생각하고 있었다.

그로서는 이곳에 DDG−1000이 있는 것을 확인만 해서 CIA에 알려주면 임무 끝이다.

그런데 DDG−1000이 난징 유다이조선에 있다고 미국이 명확한 증거를 들이대도 중국이 딱 잡아떼면 그만이었다.

다른 나라들 같으면 그만한 증거를 들이댈 경우 꼼짝하지 못하고 두 손을 들지만 중국은 예외였다.

사람들은 중국이라는 특수한 나라를 전혀 모르고 있다.

닭을 들이밀면서 이게 닭이라고 해도 오리라고 바락바락 우기는 것이 중국이었다.

나중에 인정하게 될 상황에 처해도 순순히 인정하지 않는다. 중국에서는 닭을 오리라고 부른다는 식으로 억지를 쓰는 게 바로 그들이었다.

그러니까 이런 식으로 확인만 해서 넘겨줘서는 미국이 낭

패를 볼 게 뻔했다.

미국이 증거를 들이대고 압박하는 사이에 중국은 유다이조선에서 DDG—1000을 다른 곳으로 옮기거나 아예 완전히 해체, 혹은 폭파해 버릴 수도 있었다.

그러니까 중국으로서 빼도 박도 못 하게 할 상황을 만들어야만 하는 것이다.

사실 선우로선 아까 보잉757 기내에서 DDG—1000의 사진을 로건에게 보내준 것으로 임무 끝이라고 할 수 있다. 그의 임무는 DDG—1000을 찾는 것이지 되찾아오는 것이 아니기 때문이다.

그렇지만 그건 얍삽한 행위이다. 그렇게 하면 선우만 목적을 달성하고 미국은 닭 쫓던 개 지붕 쳐다보는 꼴이 돼버릴 것이기 때문이다.

그래서 되도록 중국이 꼼짝하지 못하고 두 손 두 발 다 들어 항복할 수 있는 방법을 찾으려는 것이다.

유다이조선에 들어간 선우는 한 시간을 꽉 채우고서야 밖으로 나왔다.

DDG—1000만 확인하는 것이라서 안에서 오래 머물 필요가 없지만 다른 일을 하나 했다.

선우를 유다이조선 안으로 안내한 상무 츄인밍과 모종의

협의, 아니, 거래를 시도한 것이다.

츄인밍과 거래를 완성시키지는 못했지만 가능성은 열어놓고 나왔다.

오늘 밤 츄인밍과 극비 회동을 약속했다. 선우는 그 자리에서 승부수를 던질 것이다.

"잘됐습니까?"

"펑후왕로우(鳳凰樓)라는 곳을 아십니까?"

기다리고 있던 황상조가 초조한 얼굴로 묻자 선우는 걸음을 옮기면서 되물었다.

"압니다. 난징에서 가장 유명한 고급 식당입니다."

"거기 리씨양루이(李祥瑞)라는 이름으로 룸을 예약하세요."

"지금 말입니까?"

"그렇습니다."

선우는 일행과 함께 난징 힐튼호텔로 돌아왔다.

황상조와 운전을 했던 사람은 호텔 로비에서 쉬면서 대기하고 있으며 선우와 선녀는 혜주가 있는 최고급 스위트룸으로 올라갔다.

선우와 선녀가 룸으로 들어서자 저만치 소파에서 TV를 보고 있던 혜주가 슬쩍 고개를 돌려 쳐다보면서 물었다.

"박 비시, 갔던 일은 어떻게 됐지?"

순간 선우는 혜주가 왜 그러는지 즉시 간파하고 조금 걸어 들어가다가 걸음을 멈추고 정중한 자세를 취했다.

"잘됐습니다."

"수고했어. 가서 쉬어."

"편히 쉬십시오."

선우는 정중히 고개를 숙였고, 눈치 백단인 선녀도 그대로 따라서 했다.

두 사람은 혜주의 방에서 나와 말없이 복도를 걸어가다가 선우가 정면을 보면서 나직하게 중얼거렸다.

"들어가서 쉬십시오."

"선우 씨는……."

"알아서 하겠습니다."

혜주가 갑자기 선우더러 '박 비서'라고 부른 이유를 선우와 선녀는 그 즉시 눈치챘다.

혜주의 방에 도청이나 감시 카메라가 있다는 뜻이다. 용의주도한 혜주는 선우가 유다이조선에 다녀오는 동안 그걸 확인한 것이다.

자신이 직접 살펴봤는지 측근의 전문가를 시켰는지는 모를 일이지만 그녀가 그렇게 말한다면 사실이다.

송자연이 보잉757 기내에서 이곳 난징 힐튼호텔에 룸 여러 개를 예약했다.

혜주와 선우, 선녀를 비롯한 측근들, 보잉757의 승무원들이 묵을 룸이다.

혜주는 스위트룸이기 때문에 선우가 같이 묵을 계획이었지만 그녀가 미리 확인해 보고 선우를 내보낸 것이다.

그렇다면 혜주 룸만이 아니라 예약을 해둔 일행 모두의 룸에 도청과 감시 카메라가 설치됐다고 봐야 한다.

그래서 선우는 힐튼호텔 말고 밖에다 숙소를 잡으려고 한다.

선녀가 자신의 룸 앞에 멈춰 서서 선우에게 물었다.

"약속 장소에 나도 가면 안 돼요?"

예전 같으면 선우의 대답 같은 것은 기다리지 않고 무조건 행동으로 옮겼을 선녀지만 지금은 많이 달라졌다.

선우는 잠시 생각하다가 고개를 끄떡였다.

"갑시다."

선녀는 기쁜 표정을 노골적으로 드러내며 선우와 함께 엘리베이터로 향했다.

선우는 평후왕로우라는 곳에 유다이조선의 상무 츄인밍을 만나러 가는데 아무래도 혼자보다는 여자인 선녀하고 가는 것이 좋다고 생각했다.

엘리베이터 앞에서 선우가 주문했다.

"팔짱을 끼십시오."

선우는 누군가 감시의 눈이 자신들을 보고 있을지도 모른다는 생각이 들었다.

　그렇다면 젊은 선남선녀가 다정하게 팔짱을 끼는 것보다 보기 좋은 것은 없을 것이다.

　엘리베이터에서 내리자마자 선우는 공중전화를 찾아서 로비에서 기다리고 있을 황상조에게 걸었다.

　"접니다."

　—누구… 아!

　황상조는 공중전화로 걸려온 목소리가 선우라는 것을 잠시 후에야 알게 되었다.

　"평후왕로우에는 우리끼리 가겠습니다."

　—어째서 갑자기……

　"지금 당장 스위트룸의 민 가주님을 호위하라고 전하십시오."

　—아……!

　황상조는 크게 놀랐다. 그는 오늘 보잉757을 타고 온 귀빈이 팔대호신가의 서열 2위인 민영가의 가주일 줄은 꿈에도 상상하지 못했다.

　"황상조 씨, 들었습니까?"

　—아, 알았습니다. 더 하실 말씀은 없으십니까?

　"없습니다. 돌아가서 쉬십시오."

　선우가 공중전화를 끊고 돌아서는데 옆에 서 있던 선녀가 갑자기 그의 팔짱을 꼈다.

"지금 돌아보지 말아요. 황상조 씨가 체포된 거 같아요."

"……!"

선우는 뒤통수를 호되게 얻어맞은 듯한 충격을 받았다.

연인처럼 팔짱을 낀 선우와 선녀는 최대한 자연스럽게 돌아서며 재빨리 한 곳을 쳐다보았다.

황상조와 운전을 한 사내가 대여섯 명의 정장 사내들에 둘러싸여 호텔 출입문 쪽으로 가고 있는 모습이 보였다.

정장 사내들에게 양쪽 팔이 붙잡힌 황상조는 당황한 얼굴로 두리번거리다가 선우 쪽을 쳐다보게 되었다.

선우와 황상조가 잠깐 눈이 마주쳤지만 정장 사내가 잡아끄는 바람에 황상조는 시선을 돌리고 출입구로 향했다.

'뭐지?'

선우의 뇌리로 떠오르는 제 일감은 유다이조선의 상무 츄인밍이 발각됐다는 것이다.

츄인밍이 유다이조선 도크에 감춰놓은 DDG—1000의 사진과 동영상을 찍어서 외부에 누출시키고, 또 아까는 외부인을 유다이조선 내부로 끌어들인 사실이 누군가에 의해서 고발됐을 수도 있었다.

'빌어먹을!'

선우는 속으로 욕을 퍼부었으나 지금 당장 어떻게 손쓸 방법이 없었다.

여긴 중국이다. 지금 손을 써서 황상조를 구하는 것은 어렵지 않으나 그렇게 되면 황상조와 선우 둘 다 쫓기는 신세가 되고 말 것이다.

그래서는 DDG—1000에 대한 조사를 더 진행할 수가 없다.

선우는 황상조와 운전을 하던 사내의 모습이 호텔 밖으로 사라지는 것을 보고 나서 몸을 돌려 공중전화를 들었다.

상대가 전화를 받자 그는 짧게 말했다.

"긴급입니다."

난징에 파견 나와 있는 팔대호신가 오위가 휘하의 정예는 모두 여덟 명이며 선우의 전화를 받자마자 여덟 명이 모두 한달음에 달려왔다.

선우와 선녀, 그리고 여덟 명의 정예는 힐튼호텔 뒷골목 으슥한 주점 안쪽 밀실에 모였다.

선우가 이 주점에 자리를 잡고 요리와 술을 주문한 후 10여 분만에 여덟 명의 정예가 모두 모였다.

그들의 정식 호칭은 오위육정(吳衛六精)이다. 오진훈이 가주로 있는 '오위가' 내의 정예 중에서 여섯 번째 등급, 즉 육정이라는 뜻이다.

이들은 성신그룹 총수 오진훈이 가주로 있는 오위가의 혈통을 이어받았지만 직계가 아니라 방계이다.

방계라고 해도 첫 번째인 일맥(一脈) 방계라면 얼마 전에 선우가 모가지를 자른 스팍스 한국 지사장 정홍기 정도의 급수라고 할 수 있다.

이들 오위육정은 팔맥방계에서 십오맥방계까지가 주축을 이루고 있다.

여덟 명 중에서 지휘자가 나란히 앉아 있는 선우와 선녀를 보면서 물었다.

"우리를 부르신 분은 누구십니까?"

선우와 혜주가 극비리에 난징에 왔기 때문에 이들은 아무것도 모르고 있었다.

만약 미리 알렸으면 이들이 공항까지 나와서 호위를 했을 테고, 그러면 중국 국가안전부나 공안의 이목에 걸려들었을지도 모른다.

선우는 선녀가 있는 자리에서 이러는 것이 께름칙했지만 어쩔 수가 없었다.

이들 오위육정은 선우가 자신들보다 지위가 높은 중간 리더쯤 될 것으로 짐작했다.

팔대호신가에는 행동대가 일정(一精)에서 구정(九精)까지 있으며, 오위가라면 오위일정, 오위구정이라 칭하고, 민영가라면 민영일정, 혹은 민영구정이라 칭한다.

이들은 자신들의 가문 오위가의 핵심 리더들에 대해서 통

달하고 있지만 선우 같은 사람은 없었다. 그래서 다른 가문일 것이라고 추측하고 있었다.

"나는 강선우입니다."

"……."

좌중에 차디찬 얼음물을 끼얹은 듯한 질식할 것 같은 침묵, 아니, 적막이 흘렀다.

팔대호신가의 직계 혈통과 방계 혈통 통틀어서 삼만 오천 명이 달달 외워야 하는 하늘 같은 존재가 '재신=도련님=강선우'라는 호칭이며 이름이다. 아니, 그에 대한 것이라면 무엇이라도 외워서 숙지해야만 한다.

그러므로 이들 여덟 명이 '강선우'라는 이름을 듣는 순간 머릿속이 새하얗게 탈색되는 것은 놀라운 일이 아니었다.

여덟 명의 오위육정 모두의 얼굴에 경악에 경악을 더한 표정이 파도처럼 넘실거렸다.

잠시가 지나서야 지휘자가 엉거주춤 일어서서 꽉 잠긴 목소리로 입을 열었다.

"설마… 도련님이십니까?"

선우가 가볍게 고개를 끄떡였다.

"그렇습니다."

"아아……!"

여덟 명의 오위육정 입에서 탄식 같은 한숨이 흘러나왔다.

단 한 번도 본 적이 없는 신강가의 도련님을 중국 땅에서 보게 될 줄은 꿈에서조차 상상하지 못했다.

선녀는 보잉757에 탈 때, 그리고 비행기 안에서 조종사들과 승무원들이 선우를 보고 '도련님'이라고 부르던 호칭을 이곳에서 또 듣게 되었다.

지휘자는 입술이 바싹 마르고 몸이 가늘게 떨렸다.

"황송합니다만… 증명을 부탁드리겠습니다."

말을 마치고 지휘자는 품속에서 휴대폰을 꺼내 작동하더니 두 손으로 공손히 선우에게 바쳤다.

선우는 휴대폰의 화면을 얼굴로 가져가 눈을 똑바로 뜨고 스캔했다.

푸르스름한 빛이 선우의 얼굴을 세로로 좌에서 우로 천천히 훑었다.

양쪽 눈의 홍채를 인식하는 것이다.

띠롱~

맑은 소리가 울렸다. 그것은 여기에 있는 여덟 명의 생명줄을 쥐고 있는 분이 왕림하셨다는 것을 뜻한다.

선우는 말없이 휴대폰을 내밀었다.

그래도 지휘자는 끝까지 휴대폰을 확인했다.

화면에는 또렷하게 '인식'이라는 두 글자와 금빛의 다섯 개 매화가 반짝거렸다.

다섯 개의 매화, 즉 오매화(五梅花)는 도련님을 상징하는 문장(紋章)이다.

지휘자가 자세를 바로 하자 나머지 일곱 명도 우르르 일어났다가 온몸을 던지듯 바닥에 엎드리며 무릎을 꿇고 이마를 바닥에 찰싹 붙였다.

"도련님!"

여덟 명은 그 옛날 백성이 왕을 알현하듯이 바닥에 부복한 채 미동은커녕 숨조차 쉬지 않았다.

선녀는 자신도 모르는 사이에 어느새 일어나 있었다. 앉아 있으면 안 될 것 같았기 때문이다.

그녀는 놀란 얼굴로 선우와 여덟 명을 번갈아 쳐다보았다.

'뭐, 뭐야, 이게?'

선우는 여덟 명의 오위육정에게 황상조가 중국 국가안전부 요원으로 보이는 정장 사내들에게 끌려갔다는 것을 얘기했다.

그리고 자신이 이곳에 온 목적인 DDG—1000에 대해서도 설명해 주었다.

이들 오위육정은 스포그의 하급 행동 요원이기 때문에 선우가 작전이나 계획에 대해서 구태여 설명할 필요가 없다. 그냥 명령만 하면 되는 것이다.

그런데도 그는 오위육정들에게 DDG—1000을 되찾아야 한다는 것과 자신이 생각하고 있는 작전에 대해서 설명했다.

인체에 비유하면 실핏줄 같은 행동 요원인 이들이 작전에 대해 충분히 숙지해야만 그것을 실행할 때 실수를 최소화할 수 있다는 것이 선우의 생각이다.

"몇 명은 민 가주를 호위하고 다른 사람들은 나를 도와주었으면 좋겠습니다."

요리와 술이 나왔지만 아무도 손대지 않았다. 선우나 선녀, 그리고 오위육정들 모두 먹고 마실 기분이 아니었다.

오위육정 여덟 명의 팀장인 육이팔정주(六二八精主)가 조심스럽게 물었다.

"민 가주라 하시면 민영가의 가주님을 말씀하시는 것입니까?"

육이팔정주의 '육'은 육정주를 나타내는 것이고, 이십팔(28)은 오위가 육정주 중에 이십팔 번째라는 뜻이다.

"그렇습니다. 그녀는 힐튼호텔에 묵고 있으며 그녀의 룸에 도청과 감시 카메라가 설치되어 있는 것 같습니다."

육이팔정주가 공손히 말했다.

"그 문제는 저희가 간단하게 처리할 수 있습니다."

"부탁합니다."

육이팔정주는 부하 두 명에게 혜주 룸의 도청과 감시 카메라를 처리하라고 지시하고, 두 명에게는 황상조에 대해서 알아보라고 지시했다.

명령을 받은 오위육정 네 명이 선우에게 고개를 숙여 인사하고 급히 밖으로 나갔다.

선우는 두 개의 시나리오를 짰다. 유다이조선의 상무 츄인밍의 도움 없이 독자적으로 DDG—1000을 확보하는 것과 츄인밍의 도움을 받을 경우의 시나리오다.

전자의 경우는 매우 어렵다. 중국 한복판에서 어느 누구의 도움도 없이 DDG—1000을 확보한다는 것은 불가능에 가까운 일이다.

그렇지만 츄인밍이 협조한다면 그것의 반의반 노력으로 일을 성공시킬 수 있을 것이다.

"약속 장소에는 선녀 씨가 가십시오."

"그럴게요."

선우의 말에 선녀는 당연히 그래야 하는 것처럼 조용히 대답했다.

그러면서 그녀는 자신이 선우에게 매우 공손해졌다는 사실을 깨달았다.

선우의 진짜 신분이 무엇인지는 아직도 모르지만 많은 사람이 그를 하늘처럼 떠받드는 광경을 몇 번 본 그녀로선 선우에게 함부로 대하는 것이 어려워졌다. 천방지축이 마침내 임자를 제대로 만난 것이다.

선우가 약속 장소인 펑후왕로우에 갔다가 최악의 경우 중국 국가안전부 요원들에게 잡히기라도 하면 매우 곤란한 상황에 처하게 된다.

하지만 츄인밍은 선녀를 모르니까 그녀는 안전할 수 있을 테고, 설혹 그녀에게 무슨 일이 생긴다고 해도 선우가 손을 써서 구해줄 수가 있었다.

최고급 음식점 펑후왕로우는 난징시 번화가에 위치해 있으며 5층 건물 전체가 음식점이었다.

선우와 육이팔정주는 펑후왕로우 길 건너에 주차한 차에서 펑후왕로우를 응시하고 있었다.

그리고 세 명의 오위육정을 펑후왕로우 안팎 요소요소에 배치하여 조사를 하거나 동향을 살피고 있는 중이었다.

―예약 룸은 이상 없습니다.

―펑후왕로우 주변 이상 없습니다.

오위육정의 보고가 이어졌다.

―츄인밍의 차가 지하 주차장으로 들어왔습니다.

오위육정이 유다이조선의 상무 츄인밍을 어떻게 알아보았는지를 묻는 것은 그들을 우습게 여겼기 때문이다.

그들은 자신들이 관할하고 있는 난징시를 손바닥을 들여다보듯 훤하게 꿰고 있었다.

─츄인밍이 엘리베이터로 올라갔습니다.

선우가 선녀에게 말했다.

"선녀 씨, 츄인밍이 올라갔습니다."

선녀는 두툼한 안경을 끼고 있으며 거기에 도청 장치와 이어폰 기능이 탑재되어 있었다.

평후왕로우 안팎을 살피고 있는 오위육장의 보고이다.

─수상한 자들은 보이지 않습니다.

오위육장이 평후왕로우 안팎을 허투루 살펴봤을 리가 없다. 그들이 수상한 자들을 발견하지 못했다면 그런 것이다.

츄인밍이 평후왕로우에 제 시간에 맞춰서 왔으며 국가안전부나 공안 같은 자들의 감시가 없다면 황상조가 체포된 것은 이것과는 상관이 없는 다른 일일 가능성이 크다.

육이팔정주가 명령했다.

"츄인밍이 곧 룸으로 들어간다. 몸수색을 해라."

─룸 이상 없습니다. 츄인밍의 몸수색을 하겠습니다.

오위육정 한 명이 예약한 룸에 도청이나 감시 카메라가 없는지 조사하고 츄인밍의 몸에 도청, 무선 카메라 따위의 유무를 수색하고 있었다.

츄인밍을 몸수색한 오위육정이 보고했다.

─안전합니다.

육이팔정주가 선우에게 공손히 말했다.

"안전합니다."

선우는 기대고 있는 시트에서 상체를 일으켰다.

"가겠습니다."

척!

선우는 조수석에서 내리더니 차가 달리는 대로를 뛰어서 건너 평후왕로우로 걸어갔다.

육이팔정주가 팀원들에게 지시했다.

"독수리 떴다."

선우는 츄인밍으로선 도저히 거절할 수 없는 파격적인 조건을 제시했다.

미화 천만 달러의 보수와 츄인밍을 비롯한 가족 모두의 미국행, 그리고 미국 영주권 보장이다.

"그걸 어떻게 보장합니까?"

55~56세 나이에 대머리, 눈초리가 처지고 두툼한 코를 지닌 츄인밍이 기대 어린 표정으로 물었다.

선우가 진지한 얼굴로 대답했다.

"츄인밍 씨는 주중 미국 대사관에 근무하는 어느 누구라도 아는 사람이 있습니까?"

츄인밍이 고개를 끄떡였다.

"상하이 미국 영사 프레드 씨를 조금 압니다."

"그럼 그 사람이 보증하면 되겠습니까?"

선우가 지목한 사람이 아니라 츄인밍이 지목한 사람이 보증을 선다면 무엇보다 확실하다.

"프레드 씨가 보증한다면 믿을 수 있습니다."

"잠시 기다리십시오."

선우는 갖고 온 소형 노트북을 테이블에 올려놓고 로건과 영상통화로 접속했다.

유다이조선이 있는 난징시 전체는 휴대폰이 도청될 가능성이 크기 때문에 인터넷 영상통화를 하는 것이다.

선우의 휴대폰은 스포그의 전용 인공위성 회선을 이용하기 때문에 아무도 인터셉트할 수가 없다.

화면에 로건이 나타났다.

선우는 카메라를 자신에게 제대로 잘 고정시키고 화면을 보면서 말했다.

"로건 씨, 제 말 잘 들으세요."

선우는 츄인밍이 영어를 할 거라고 짐작했지만 상관하지 않고 로건에게 설명했다.

─선우 씨, 지금 어딥니까? 일이 어떻게 돼가고 있는…….

"중국인 일가족을 미국으로 보낼 겁니다. 가장 이름은 츄인밍이고 그들에게 미국 시민권을 주십시오. 그리고 천만 달러를 주기로 했습니다."

로건은 선우가 하려는 일을 구체적으로는 모르지만 중요하다는 것을 즉각 알아차렸다.

―알겠습니다. 어떻게 하면 됩니까?

영어에 능통한 츄인밍은 긴장한 표정으로 두 사람의 대화를 유심히 들었다.

"츄인밍 씨가 주중 상하이 영사 프레드 씨를 안다고 합니다. 그러니까 츄인밍 씨와 프레드 씨가 인터넷 영상통화를 하도록 주선해 주십시오. 그리고 츄인밍 씨에게 미화 천만 달러를 지급하고 미국행 티켓과 미국 영주권을 준다는 사실을 프레드 씨가 보증을 서야 합니다."

―프레드 씨는 내가 개인적으로 잘 아는 사람입니다. 5분 정도 기다리면 프레드 씨가 선우 씨에게 연락이 갈 겁니다.

선우는 로건하고의 인터넷 영상통화를 끊고 츄인밍을 쳐다보았다.

"프레드 씨에게서 영상통화 요청이 오면 그때부터 당신 혼자서 그와 대화를 나누도록 하세요. 나는 일체 개입하지 않겠습니다."

선우와 로건의 영상통화를 지켜본 츄인밍은 어느 정도 선우를 믿게 되었다.

"조금 전에 당신이 영상통화를 한 사람을 예전에 본 적이 있는데 그는 누굽니까?"

"주한 미국 대사 로건 브룩스 씨입니다."

"아, 그렇군요. 이제 기억이 납니다. 그 사람, 신문하고 TV에서 몇 번 봤습니다."

"프레드 씨가 보증을 하면 그때부터 일을 시작하겠습니다."

츄인밍은 긴장하여 마른침을 삼켰다.

선우는 젓가락을 쥐고 요리를 먹기 시작했다.

그렇지만 극도로 긴장한 선녀와 츄인밍은 젓가락을 들 생각조차 하지 않고 있었다.

선녀는 너무 긴장해서 입안의 침이 다 증발했다.

그녀는 선우가 주한 미국 대사 로건하고 영상통화하는 것을 보고 또 놀랐다.

그녀는 선우를 만난 이후 지금까지 계속 놀라고만 있었다. 그가 무엇을 하든지 놀라지 않은 적이 없었다.

아마도 선우로 인한 놀라움은 끝이 없을 것 같았다.

지금도 선녀 자신이나 츄인밍은 너무 긴장해서 아무것도 먹을 생각이 없는데 선우는 태연하게 요리를 먹으면서 맥주까지 마시고 있지 않은가.

대단한 강심장에 배포다. 선녀라면 흉내도 내지 못할 것이다.

디롱~

그때 노트북에서 소리가 났다. 이메일이거나 영상통화를 신청하는 음향이다.

선우가 영상통화를 수락하자 화면에 백발의 중년 서양인의 얼굴이 나타났다.

—미스터 선우.

프레드가 선우부터 찾았다.

선우는 카메라를 츄인밍에게 맞춰주고 얘기하라는 손짓을 해 보였다.

"아, 안녕하십니까? 저를 아시겠습니까?"

츄인밍은 당황하고 긴장해서 말을 더듬었다.

—오우! 츄인밍 씨 아닙니까? 오랜만입니다.

프레드가 자신을 알아보자 츄인밍은 크게 기뻐했다.

사실 프레드는 츄인밍을 알아보지 못했다. 그는 츄인밍 같은 사람을 하루에 수십 명이나 만나기에 그 많은 사람을 다 일일이 기억하진 못한다.

프레드의 보증은 1분도 걸리지 않았다.

체포된 황상조와 다른 한 명의 동료에 대해서 알아본 오위육정은 별일 아니라고 보고했다.

황상조가 뭔가 특별히 잘못해서가 아니라 불심검문처럼 갑자기 잡아다가 이것저것 신문하는 것이다.

중국 국가안전부와 공안에 의한 그런 대대적인 불심검문은 난징시에 지사를 두고 세계 각국에서 파견된 모든 사람에 대해서 동시다발적으로 이루어졌다고 한다.

황상조에 대한 표적 수사가 아니기 때문에 선우로서는 계획을 변경하거나 다른 방법을 찾을 필요가 없었다.

미국은 선우가 보내준 DDG−1000 실종에 대한 모든 증거를 다 확보했다.

그렇지만 최후의 한 방을 위해서 그 증거들을 터뜨리지 않은 채 히든카드로 꼭 쥐고만 있었다.

미국은 전방위로 중국을 압박했다. 증거로는 DDG−1000의 실종 당시 근처에 중국의 화물선 세 척이 항해하고 있었다는 사실을 제시했다.

그 세 척의 배가 강력한 전자파를 발사해서 DDG−1000의 전자 장비와 레이더를 무용지물로 만들어 버렸다.

직후에 세 척의 화물선에서 수백 명의 중국군 특공대를 태운 수십 척의 보트가 내려와 DDG−1000을 포위, 구축함에 올라 함락시켜 끌고 갔다는 예전보다는 다소 진보한 그럴싸한 가설을 제시했다.

미국의 압박에 중국은 능란하게 대처했다.

발끈한다든가 자신들이 의심을 받는 것에 대해서 과도한 보복 행위를 극도로 자제했다.

도둑이 제 발 저려서 오히려 큰소리치는 것으로 보이지 않으려는 노력이다.

중국 지도부 대변인은 공자 말씀 같은 성명을 발표했다.

"중국은 예로부터 대국(大國)이었으며 지금 역시 많은 국가가 인정하는 절대적 대국이다. 나라의 크기와 한족의 올곧고 공명정대한 민족성과 악을 멸하고 평화를 구현하려는 강력한 의지는 전 세계 어느 국가도 흉내조차 낼 수가 없다. 그러므로 전 세계에서 대국은 우리 중국이 유일하다. 부디 소인의 세 치 혀로 대국의 위엄에 누를 입히지 말기 바란다."

대국 중국이 그따위 도둑질 같은 비겁한 짓을 했겠느냐는 것이다.

선우는 힐튼호텔 근처 아담한 모텔에 방을 잡았다.

이제는 물밑 작업을 해야 한다.

츄인밍은 믿을 수 있는 사람이다. 선우는 사람 보는 눈이 있지만 그것만으로 츄인밍을 믿는 게 아니다. 이미 사람을 시켜서 삼중, 사중으로 그를 시험했는데 그는 거기에서 합격점을 받았다.

그는 아버지 대부터 중국 공산당 정권에 연중을 느끼고 있으며 진정한 자유를 찾기 위해서 자신과 가족의 목숨을 걸고

도박에 뛰어들었다.

오위육종이 이미 츄인밍의 가족을 만나보았으며 여러모로 검증을 치렀다.

선우는 유다이조선에 한번 들어갔을 때 조선소 내 곳곳에 중국 군인들이 무장한 모습으로 삼엄하게 지키고 있는 광경을 발견했다.

DDG-1000을 납치해 놨는데 경비가 허술하다는 것은 말이 되지 않는다.

유다이조선 내에서 선우가 확인한 중국 군인의 수만 20여 명이었다.

확인하지 않은 장소에 은신해 있을 군인들이 그만큼 더 있다면 40여 명이라고 봐야 한다.

중국 정부는 DGG-1000을 숨겨둔 유다이조선에 일개 사단 병력으로 철통같이 지켜도 마음이 놓이지 않을 것이다.

하지만 일개 평범한 조선소를 군인들이 지키고 있는 광경이 외부에 노출된다면 의심을 받을 수 있기에 소수 정예 40여 명만으로 유다이조선을 지키고 있는 것일 게다.

선우로선 거사를 치르기 전에 선우가 먼저 잠입해서 군인들을 모두 제압해야만 한다.

선우 혼자 40여 명을 다 제압할 수 있지만 속전속결하기 위해서 오위육정들을 데리고 들어갈 것이다.

팔대호신가의 행동대는 하나같이 군필자들이다. 그것도 해병대나 특전사를 비롯한 특수부대 출신들이다.

뿐만 아니라 전역 후에 가문의 행동대로 배치되고 나서도 매일 쉬지 않고 각종 훈련을 한다. 그러니 어중이떠중이 중국 인민군 정도는 일당백으로 처치할 수 있다.

"마시면서 해요."

선우의 시중을 든다면서 모텔에 따라온 선녀가 시원한 맥주를 컵에 부어서 노트북 옆에 놓았다.

그녀는 힐튼호텔에 룸을 잡아놨지만 선우 곁에서 그를 돕는 것을 택했다.

선우는 츄인밍과 헤어진 후 오위육정 여덟 명에게 오늘 밤 각자 해야 할 일들을 지시했다.

그리고는 곧장 이 모텔에 들어서와 세 시간 동안 잠시도 쉬지 않고 노트북 앞에 앉아서 씨름하고 있는 중이다.

DDG—1000을 되찾기 위한 치밀하고도 완벽한 작전을 짜면서 동시에 그것을 실행하고 있었다.

뿐만 아니라 DDG—1000을 납치해서 감춰놓은 상태에서 해체하고 있으면서도 미국의 압박에 딱 잡아떼고 외려 소인이 대국의 위엄을 더럽힌다고 적반하장으로 역정을 내고 있는 중국의 체면을 땅바닥에 내팽개쳐서 짓밟아줄 생각이다.

내일 선우의 계획대로만 진행된다면 DDG—1000을 되찾는 것은 물론이고 중국이 국제사회에서 고개를 들지 못하게 될 것이다.

"고맙습니다."

선우는 맥주를 원샷으로 다 마셔 버렸다. 그렇지 않아도 갈증을 느꼈는데 속이 뻥 뚫리는 것 같았다.

"한 잔 더 드려요?"

지켜보고 있던 선녀가 묻고는 대답도 듣지 않고 맥주병을 기울여 한 잔 더 부었다.

선우는 그녀를 쳐다볼 겨를도 없이 바쁘게 노트북 자판을 두드렸다.

"헤이, 제라드!"

선우가 갑자기 반가운 목소리로 낮게 외쳤다.

선녀가 보니 노트북 화면에 중년의 서양인이 나타났다.

"선우! 하우아유?"

영어로 인사만 겨우 할 줄 아는 초급 수준의 선녀는 선우와 제라드라는 사람이 영상통화로 무슨 대화를 나누는지 전혀 알 수가 없었다.

"우움."

허리를 구부린 채 노트북을 두드리던 선우는 잠시 멈추고 기지개를 켰다.

지금까지 그는 노트북으로 열두 명과 영상통화를 했다.

그들은 모두 방송국 사람으로 미국의 CNN, 영국의 BBC, 일본의 NHK의 간부들이다.

선우는 내일 이 세 방송을 통해서 중국이 DDG-1000을 납치하여 해체하고 있었다는 사실을 전 세계에 생중계로 송출할 계획이다.

CNN에는 원래 아는 사람이 있어서 직접 얘기했지만 BBC와 NHK는 스포그의 영향력을 빌렸다.

선우는 세 곳의 방송국에게 앵커와 기술자들을 중국에 파견하라고 요구한 것이 아니다.

현재 중국 정부는 극도로 예민해져 있는 상태이기 때문에 다른 나라 방송국에서 사람을 보낸다면 감시가 몇 중으로 붙을 게 자명하다.

그렇기 때문에 선우는 현재 중국 내에 들어와 있는 방송국 사람들을 이용할 생각이다.

CNN이나 BBC, NHK 같은 거대한 메이저 방송사들은 중국 전역에 몇 개씩의 지국을 두고 있다.

선우는 중국의 감시를 피하기 위해서 그것들을 이용할 계획인 것이다.

그래서 CNN과 BBC, NHK의 실세 간부급들과 영상통화를 해서 협조를 구했다.

그들 방송 3사는 도대체 무슨 일인지 궁금하게 여겼지만 선우는 DDG—1000에 대해서는 입도 벙긋하지 않았다.

어쨌든 엄청난 것이니까 터뜨리고 나면 CNN과 BBC, NHK 모두 선우에게 고마워할 거라고만 말해두었다.

선녀는 소파에서 옷을 입은 채 웅크리고 잠들어 있었다. 자기가 선우의 시중을 들어야 한다면서 따라오더니 피곤함을 이기지 못한 듯했다.

그래도 침대에는 선우 자라고 이불을 잘 깔아놓았다.

따롱~

선우가 선녀를 보고 있는데 이메일이 도착했다.

뜻밖에도 혜주가 보냈다.

—모 해?

채팅할 때 쓰는 말투다.

—작전 짜고 있는 중이야.

—잘되고 있어?

—그럭저럭.

—채널을 우리 전용으로 변경했기 때문에 이제 우리 휴대폰 사용해도 된대. 내가 삼촌한테 전화할까?

―됐어. 12시가 넘었는데 자지 않고 뭐 하니?

―흥! 쌀쌀맞기는.

혜주의 코웃음 치는 모습이 보이는 것 같다.

―삼촌이 자지 않고 있는데 내가 잠이 오겠어?

선우는 혜주가 중국에 따라와 준 이유를 알고 있다. 그녀는 중국 정부의 이목이 자신에게 집중되도록 해서 선우가 자유롭게 활동할 수 있도록 배려한 것이다.

만약 혜주가 오지 않았더라면 성신그룹 전용 보잉757을 타고 온 선우는 중국의 타깃이 됐을 터이다.

―잘 자.

―내가 도울 일 없어?

―벌써 돕고 있어.

혜주가 중국에 같이 와준 것을 뜻한다.

―열심히 해.

다음 날 새벽.

상하이에 있던 스포그 산하 황림오정(黃林五精) 네 명과 황림육정(黃林六精) 열두 명이 선우의 부름을 받고 밤새 달려와 난징의 오위육정과 합류했다.

그들 열여섯 명이 상하이에 파견된 황림가의 행동대원 전원이다.

상하이 인근 200㎞ 이내에는 스포그 산하 크고 작은 사업체 17개가 진출해 있으며, 그중에서 황림가의 비중이 가장 크기에 황림가 행동대가 관할하고 있는 것이다.

오위육정이 팔대호신가 오위가의 행동대 육정인 것처럼 그들은 황림가의 행동대 오정과 육정들이다.

오위가와 황림가의 행동대원 24명은 각각 분산해 있지만 스포그에서 지급된 특수 무전기로 선우에게서 각자 실행해야 할 지시 사항을 하달받고 실행하거나 대기 중이다.

선녀가 밖에 나가서 햄버거와 콜라를 사서 모텔에 돌아왔을 때 선우는 휴대폰으로 로건에게 전화를 하고 있었다.

―선우 씨, 전화해도 되는 겁니까?

이른 시간이라서 로건은 출근 전이다.

"특수 전용 회선을 사용하기 때문에 이 휴대폰은 괜찮습니다."

―아, 잘됐습니다. 선우 씨한테 자세한 설명을 듣지 못해서

너무 답답했습니다.

"저도 설명이 부족했을 거라는 생각을 했습니다. 지금부터 오늘 계획에 대해서 말씀드리겠습니다."

선녀는 테이블에 햄버거와 콜라를 늘어놓으면서 선우의 통화가 끝나기를 기다렸다.

선우의 설명이 끝났을 때 로건이 말했다.

—몇 시에 실행입니까?

"오후 네 시로 잡았습니다."

—아, 벌써부터 긴장되고 심장이 뜁니다.

로건의 목소리가 떨리고 있다.

그럴 만도 하다. DDG—1000을 찾을 수 있을 뿐만 아니라 자기네를 모함한다면서 바락바락 우기고 있는 중국의 코를 납작하게 만들어줄 수 있기 때문이다.

—선우 씨, 이제부터는 CIA 대외 작전부장과 직접 통화하세요. 그 사람이 선우 씨 담당입니다.

"번거롭지만 로건 씨가 중간 역할을 해주십시오."

—그거참… 알겠습니다.

"끊겠습니다."

—선우 씨, 행운을 빕니다.

"감사합니다."

오후 2시, 유다이조선 정문으로 자재를 실은 트럭이 통과했다.

트럭이 자재 창고에 도착하여 자재를 내릴 때 트럭 짐칸에서 유다이조선 유니폼을 입은 열 명이 뛰어내려 건물들 사이로 빠르게 사라졌다.

그들 각자에겐 유다이조선 내에 중국 군인들이 위치해 있는 배치도가 있다.

물론 배치도는 츄인밍에게서 받은 것이다.

또한 팔대호신가의 행동대원들은 특수한 무기를 지니고 있다.

스포그 직계 과학 연구소에서 개발한 것으로 테이저건과 스턴건을 합쳐놓은 듯한 무기이다.

작은 권총 크기이며 살아 있는 물체를 겨냥해서 발사하면 그 즉시 정신을 잃고 마는데 SG, 혹은 순건(Swoon Gun)이라고 부른다.

전기 충격기인 테이저건 같은 경우에는 사정거리가 7~8m에 불과하지만 순건은 50m에 이른다.

또한 몸의 어느 부위를 맞추더라도 맞는 즉시 신음조차 지르지 못하고 기절한다.

팔대호신가의 행동대원 열 명은 모두 유다이조선의 유니폼을 입고 있으며 조선소 내 어느 곳에 군인들이 배치되어 있는

지 훤하기 때문에 그들을 제압하는 것은 어렵지 않았다.

선우는 유다이조선에 오지 않았다.

지금 이 시간 그는 다른 곳에서 중요한 일을 하고 있었다.

선우는 오위육정과 황림오정, 육정들과 함께 유다이조선 바깥쪽을 청소하고 있는 중이다.

전날 밤과 오늘 새벽에 오위육정과 황림오정, 육정들은 유다이조선을 중심으로 반경 100m 이내를 샅샅이 뒤져서 중국 군인이나 국가안전부 등이 유다이조선을 감시하고 있지 않은지 조사했다.

그 결과 여덟 군데에서 군인과 국가안전부 요원들이 감시하고 있는 것을 확인했다.

유다이조선에서 가깝게는 35m에서, 멀게는 70m 거리의 옥상이며, 그들 중에 세 군데는 중화기인 기관총이 설치되어 있으며 총구는 유다이조선 쪽을 향하고 있는데, 나머지 다섯 군데에는 모두 저격수가 배치되어 있었다.

일을 마친 후 선우와 행동대원 네 명은 근처 허름한 식당에 들어가서 늦은 점심 식사를 했다.

선우를 비롯한 모두 유다이조선 유니폼을 입고 있으며 중국어에 능통하기 때문에 아무도 그들을 의심하지 않았다.

선우 등은 오후 1시부터 조금 전 2시 35분까지 유다이조선을 감시하고 있는 외부 세력 여덟 군데를 무력화시켰다.

여기 식당에 모인 것은 점심 식사를 하는 게 목적이 아니다. 외부 세력을 얼마나 깔끔하게 처리했는지에 대해 최종 점검을 하는 것이다.

"놓친 데 없죠?"

선우의 조용한 물음에 둘러앉은 행동대원들이 묵묵히 고개를 끄떡였다.

"모두 수고했습니다. 마지막까지 애써주세요."

행동대원들은 공손한 표정으로 고개를 숙여 보였다.

유다이조선을 감시하는 외부 세력 여덟 군데를 처리한 것은 선우와 행동대원 열네 명이었지만 이곳 식당에는 선우와 여섯 명만 왔다. 여덟 명은 그곳 여덟 군데에 각 한 명씩 놔두고 왔기 때문이다.

그들은 그곳에서 혹시 본대(本隊)로부터 걸려올지 모르는 무전 따위를 해결할 것이다.

만약 본대에서 무전이 올 경우 그곳에서 아무도 응답이 없다면 여덟 군데 외부 감시조들이 제압당했다는 사실이 발각될 것이고, 그러면 중국군 당국은 즉각적인 조치를 감행할는지도 모르는 일이다.

이를테면 유다이조선을 폭격해서 완전히 흔적을 없애 버리는 일 같은 것이다.

DDG—1000이 유다이조선에 감춰져 있다는 사실이 전 세계에 알려지는 것을 막기 위해서라면 중국은 무슨 짓이라도 저지를 것이다.

모르긴 해도 난징에 핵폭탄이라도 투하하려고 들지 않겠는가.

기원전부터 현재에 이르기까지 역사를 통틀어서 중국이라는 대륙에서 일어난 사건 중에서 이보다 더 비참한 치욕은 없을 것이기 때문이었다.

선우는 종업원이 갖다 준 뜨거운 국수를 먹다가 멈추고 모두에게 조용히 말했다.

"이번 일이 끝나면 성패 여부를 떠나서 여러분 모두에게 포상을 내릴 생각입니다."

행동대원들은 동작을 뚝 멈추고 일제히 선우를 향해 가볍게 고개를 숙여 보였다.

만약 이곳이 식당이 아니었다면 이들은 선우에게 부복하며 고개를 조아렸을 것이다.

PM 3:48.

이제 유다이조선 안팎에는 군인이든 국가안전부 요원이든 방해 세력은 없다.

선우를 비롯한 여덟 명이 탄 승합차가 유다이조선 정문 앞에 멈추었다.

선우와 츄인밍 상무, 그리고 CNN과 BBC, NHK에서 보낸 각 두 명씩의 방송사 직원들이다.

승합차를 운전하는 사람은 선우이고, 조수석의 츄인밍이 검문하는 경비원에게 고개를 까딱하는 것으로 무사통과다.

부웅!

그리고 역사를 새로 쓰게 될 일곱 명의 용사를 태운 승합차가 힘차게 유다이조선 안으로 굴러 들어갔다.

제24장
마족 출현

원래 조선소 도크에는 지붕이 없다.

그렇지만 유다이조선 내의 DDG—1000을 해체하는 도크에는 높은 곳에 거대한 천막이 쳐져 있었다.

인공위성이나 항공기가 DDG—1000을 촬영하는 것을 봉쇄하려는 의도이다.

선우는 DDG—1000의 전체 모습을 볼 수 있는 본관 건물 8층 츄인밍의 사무실에 있다.

선우와 츄인밍은 창을 통해서 DDG—1000을 바라보고 있었다.

DDG—1000은 지상에서 아파트 12~13층 높이여서 8층인 이곳에서는 윗부분이 보이지 않는다.

츄인밍이 DG—1000에 시선을 고정시킨 채 못마땅한 얼굴로 중얼거렸다.

"저게 뭐라고 대국이라고 자처하면서 부끄러운 짓을 서슴지 않다니……."

그는 고개를 절레절레 가로저었다.

"저런 부질없는 짓을 할 여유가 있다면 헐벗은 인민들이나 좀 더 챙길 것이지."

선우는 시계를 보았다. PM 3시 53분이다.

"츄인밍 씨, 이제 가십시오."

츄인밍이 선우를 보더니 손을 내밀었다.

선우가 손을 잡자 그는 잡은 손에 힘을 주었다.

"꼭 성공하십시오."

그는 뜨거운 눈빛으로 선우를 똑바로 바라보았다.

"내가 제시한 조건이 받아들여지지 않았더라도 당신을 도왔을 것입니다."

선우는 츄인밍의 진심을 읽었다.

그에게 천만 달러와 미국행이 이루어지지 않았더라도 선우를 도왔을 것이라고 했다.

어쩌면 그는 공산 독재에 반대하는, 진정 중국을 사랑하는 애국자인지도 모른다.

츄인밍은 상하이공항으로 떠났지만 선우를 위해서 만반의 준비를 다 해두었다.

유다이조선에는 사장이 있고 전무도 있지만 상무가 실세이다. 총지배인을 겸하고 있기 때문이다.

그래서 츄인밍은 없지만 그의 막강한 영향력은 유다이조선 곳곳에 진하게 남아 있었다.

계획보다 시간이 조금 지체됐다.

선우는 츄인밍이 믿어도 좋다고 소개한 과장과 함께 유다이조선 뒷문으로 향했다.

감시하는 군인들을 모두 제압했기 때문에 무인지경이나 다를 바 없었다.

유다이조선 뒷문은 정문만큼 컸다. 원래 자재를 실은 트럭들이 쉴 새 없이 드나들기 때문이다.

그래서 평소에는 폭 20m의 철문을 활짝 개방하지만 지금은 굳게 닫혀 있었다.

그래도 사람들이 다니는 통로는 열려 있었는데 드나드는 사람은 보이지 않았다.

선우가 통로를 막 나서려는데 육이팔정주로부디 무전이 왔다.

─도련님, 조금 전에 정문으로 승용차가 두 대가 들어왔는데 아무래도 평범한 차 같지가 않습니다.

선우는 우뚝 걸음을 멈추었다.

그때 뒷문 경비실에서 경비원 몇 명이 달려 나왔다.

그그궁!

이어서 거대한 철문이 자동으로 육중하게 열리기 시작했다.

그러고는 철문이 다 열리기도 전에 두 대의 승용차가 조선소 안으로 굴러 들어왔다.

경비원들이 승용차를 향해서 경례를 했다.

선팅이 짙어서 보통 시력으로는 차 안이 보이지 않지만 선우의 눈에는 잘 보였다.

차 안에는 앞에 둘, 뒤에 둘, 도합 네 명이 탔다. 정장에 단정한 외모. 한눈에도 국가안전부 요원으로 보였다.

정문으로 승용차 두 대, 뒷문으로 두 대니까 승용차 한 대당 네 명씩 도합 열여섯 명이다.

이런 중요한 시간에 어째서 갑자기 국가안전부가 들이닥친 것인지 모르겠다.

현재 4시 15분이다. 4시에 터뜨리기로 계획했는데 15분 늦어졌고, 이제 더 늦어질 것 같다.

아니, 늦는 것은 상관이 없다. 5시든 6시든 좋다. 성공만 한다면 말이다.

그런데 선우는 뒷문으로 들어오는 두 번째 승용차 뒷자리 오른쪽에 여자가 앉아 있는 것을 발견했다.

보통 승용차의 뒷자리 오른쪽에는 무리의 제일 상사가 앉은 법이다. 그렇다면 저 여자가 이 무리의 우두머리일지도 모른다는 것이다.

35~36살쯤의 나이에 무척 아름다운 용모인데 도도하면서 차가운 표정이 한 겹의 얼음처럼 얼굴에 깔려 있었다.

아니, 자세히 보니 차가움 속에 잔인함이 숨어 있다.

중국 국가안전부에 여자 요원이 없으라는 법은 없겠지만 선우가 보기에는 저 여자가 국가안전부 요원이 아닐 것이라는 직감이 들었다.

어쨌든 결정을 해야 한다.

국가안전부 요원이라고 짐작되는 열여섯 명을 모두 제압하든지 아니면 그들이 어떻게 하는지 잠시 두고 보든지 말이다.

저들이 이곳을 둘러보고 곧 떠난다면 다행이지만 그러지 않고 이곳에 머문다면 괜히 시간만 지체될 뿐이다.

'해치우자.'

선우는 결정했다. 국가안전부 요원들이 탄 차를 발견하고 결정을 내리기까지 3초쯤 걸렸다.

그는 동행하고 있는 과장에게 뒷눈 밖에서 내기하고 있는 방송국 사람들을 데려오라고 말하고는 몸을 돌려 국가안전부 승용차를 따라갔다.

과장은 자신이 방송국 사람들을 데리러 가는지는 모르고 있다. 그는 그저 선우의 지시에 묵묵히 따를 뿐이다.

선우는 승용차에서 눈치채지 못하게 멀찍이 건물을 끼고 조깅하듯이 뛰었다.

달리면서 무전으로 육이팔정주에게 명령했다.

"즉시 제압하십시오."

—알겠습니다.

"조심하세요."

선우가 무전을 끊을 때 쫓고 있는 국가안전부 승용차 두 대는 주차장으로 가지 않고 방향을 꺾어 DDG—1000이 있는 도크 쪽을 향했다.

그때 육이팔정주가 무전을 보냈다.

—도련님, 이쪽 차 두 대가 DDG—1000이 있는 도크로 향하고 있습니다. 보는 눈이 많아서 제압하기가 곤란합니다.

도크에는 유다이조선 기술자들이 DDG—1000을 해체하는 작업에 열중하고 있으므로 국가안전부 요원들이 그곳에서 차를 멈추고 내리면 제압하기가 곤란하다.

"차가 멈추자마자 차에서 내리기 전에 덮치세요."

—알겠습니다.

육이팔정주 쪽은 행동대원이 열 명이니까 국가안전부 요원 여덟 명을 처치하는 것은 어렵지 않을 것이다.

잠시 후 정문에서 들어온 두 대와 뒷문으로 들어온 두 대의 승용차가 서로 마주 보고 10m의 거리를 둔 채 정지했다.

도크의 DDG—1000 옆면에 마주 보는 모양이다.

그 순간 유다이조선 유니폼을 입은 육이팔정주와 행동대원 열 명이 재빨리 달려와 정문에서 진입한 두 대의 승용차를 향해 돌진했다.

그걸 보고 선우도 뒷문에서 진입한 두 대의 승용차로 달려가면서 왼손 손바닥을 펼쳐서 뻗었다.

후우우.

그 순간 그의 손바닥에서 희뿌연 기류가 뿜어져 두 대의 차 전체를 휘감았다.

쩌어억, 쩌적!

기류에 맞은 두 대의 승용차 전체에 순식간에 허연 성애가 서리면서 꽁꽁 얼어버렸다.

주변에 작업자들이 있기 때문에 되도록 신강가의 능력을 발휘하지 않으려 했지만 지금은 때가 때이니만큼 어쩔 수가 없었다.

선우가 육이팔정주들을 보자 그들은 양쪽에서 두 대의 승용차 문을 동시에 열고 차 안의 국가안전부 요원들을 향해 순건을 쏴대고 있었다.

이것으로 한시름 놓았다. 선우가 제압한 두 대의 승용차가 흰색으로 도색한 것처럼 새하얀 얼음으로 뒤덮인 것을 원상회복시키면 된다.

그런데 그때 전혀 예상하지 않은 일이 일어났다.

우직!

선우가 얼려 버린 두 대의 승용차 중 뒤쪽 승용차 오른쪽 뒷문이 통째로 뜯어져 도크 쪽으로 날아갔다.

선우는 움찔했다.

승용차가 저 지경이 됐다면 차 안의 사람들은 하나같이 냉동실의 동태 이상으로 얼어버렸을 텐데 대체 누가 문을 부쉈다는 말인가.

그 의문은 곧 풀렸다.

척!

뒤의 승용차에서 한 사람이 아무 일도 없었다는 듯이 느릿하게 내리는데 뜻밖에도 여자였다.

슥―

차에서 내린 여자는 고개를 돌려 승용차의 지붕 너머로 선우를 쳐다보았다.

그녀는 눈 속에 파묻혔다가 나온 것처럼 얼굴과 머리카락이 하얗게 얼었는데도 불구하고 선우를 보면서 입술 끝을 슬쩍 치켜 올리며 싸늘하게 미소 지었다.

"네가 그랬느냐?"

선우는 말없이 여자를 주시했다.

그는 여자가 누군지 비로소 깨달았다.

선우의 공신기에서도 끄떡없이 움직일 수 있는 인간이라면 단 한 종류의 인간밖에 없다.

마가(魔家).

바로 그들이다.

마침내 마가의 후예가 선우의 앞에 모습을 드러냈다.

선우는 마가 사람들, 즉 마족의 능력에 대해서 철저하게 교육을 받았기 때문에 잘 알고 있었다.

그가 마족을 실제로 만난 것은 처음이다.

아니, 소희를 납치한 천지그룹 총수의 막내아들 현성진 이후에 처음이라고 해야 맞다.

하지만 그때는 현성진이 마족인 줄 몰랐다. 또한 그 당시 현성진은 마족의 마공을 사용하지 않았다. 그때는 아직 마공을 배우지 않았던 것 같다.

그렇지만 저기 서 있는 여자는 마족이며 마공을 지니고 있는 것이 분명했다.

선우의 공신기 극빙기(極氷氣)를 맞고도 끄떡없는 것을 보면 알 수 있었다.

그때 여자가 둥실 승용차 지붕 위로 떠올랐다. 새털처럼 가

벼운 동작이다.

그랬는가 싶은데 허공에 뜬 상태에서 무지하게 빠른 속도로 선우를 향해 쏘아 왔다.

슈우웃!

선우는 흠칫했다.

마족 여자가 꽁꽁 언 냉동고 같은 차에서 태연하게 걸어 나온 것 때문에 놀랐으며 그녀가 허공으로 둥실 떠올라서 조금 더 놀랐기 때문에 미처 대처할 정신 상태가 아니었다.

뿌악!

"크흑!"

여자는 아직 절반밖에 날아오지 않았는데 그보다 빨리 무언가 선우의 가슴에 정통으로 부딪쳤다.

선우는 태어나서 처음으로 이런 극심한 고통을 맛보았다. 그는 가슴이 쪼개지는 고통을 느끼면서 상체가 뒤로 젖혀져서 쏜살같이 튕겨져 날려갔다.

"으으……."

그는 자신이 무엇에 어떻게 당했는지도 깨닫지 못했다.

─도련님!

선우가 당하는 걸 봤는지 육이팔정주의 다급한 외침이 무전으로 들려왔다.

"오지 마세요!"

선우는 이 싸움에 오위육정이 끼어들면 다치거나 죽을 수도 있기 때문에 그들의 접근을 불허했다.

콰직!

날려가던 선우는 철판으로 된 벽에 부딪쳐 바닥에 나동그라졌다.

그가 부딪친 철판 벽이 안으로 움푹 꺼졌다.

"으으……."

쓰러진 그가 가슴을 굽어보니 어이없게도 여자의 목걸이처럼 가느다란 흑빛 쇠사슬이 가슴에 꽂혀 있다.

그걸 뽑으려고 손으로 잡는 순간 마족 여자가 어느새 그의 앞에 우뚝 내려섰다.

선우는 그녀가 공격을 하지 않고 차가운 얼굴로 내려다보고 있는 걸 보고 흑빛 쇠사슬을 손에 잡은 채 그녀를 바라보며 생각했다.

'이 여자는 마족 직계가 분명하다!'

마족은 타고난 능력은 신강가에 미치지 못하지만 오랜 수련을 거쳐 여러 마공과 마술로 그것을 보완했다.

이 마족 여자도 어떤 무기로 선우를 공격한 게 분명했다.

여자는 선우의 가슴에 쇠사슬이 꽂혀 있고 그 쇠사슬의 끝을 자신이 잡고 있기 때문에 그가 더 이상 반항하지 못한 것이라고 판단한 것 같았다.

"너는 신강가 놈이냐?"

선우는 입을 굳게 다물고 마족 여자를 쏘아보았다.

어떻게 보면 꼼짝도 하지 못하는 그가 상대를 원망스럽게 노려보는 것처럼 보였다.

"네놈이 신강가의 적통 도련님이나 재신이라면 이렇게 허약할 리가 없지. 도대체 네놈은 누구냐?"

마족 여자 현사임은 선우가 신강가의 적통 도련님일 거라고는 생각하지 않았다.

그가 진짜 신강가의 적통 도련님이라면 자신에게 이렇게 쉽사리 당할 리가 없기 때문이다.

선우는 가슴에 무언지 모르는 무기가 꽂혔다고 해서 죽거나 치명상을 입은 것은 아니었다.

그에게 있어서 그것은 손에 작은 가시 하나가 박힌 것이나 다름없었다.

하지만 그는 마족 여자를 공격하지 않고 이대로 쓰러진 상태에서 그녀를 안심시키며 그녀가 누군지 물어보았다.

"당신은 누구요?"

"나?"

현사임의 입술 끝이 사악하게 말려 올라갔다.

"누구라고 생각하느냐?"

"마현가요?"

선우의 말에 현사임은 '어?' 하는 표정을 지었다. 그가 자신이 '현 씨'라는 사실을 알고 있기 때문이다.

"내가 현 씨라는 건 어떻게 알았느냐?"

선우는 얼굴을 찡그리며 고통스러운 표정을 지었다.

"으음……."

아닌 게 아니라 난생처음 당하는 고통이 진저리가 쳐질 정도로 지독했다.

그래도 마족 여자에게서 뭔가 알아내기 위해서라면 고통을 조금 참기로 했다.

"천지그룹 총수 현부일 회장이 마가 일족 아니오?"

현사임이 두 번째로 '어?' 하는 표정을 지었다.

쿡!

"이놈!"

현사임은 와락 인상을 쓰면서 발을 들어 선우의 배를 밟았다.

"큰오라버니가 마족이라는 것도 아느냐?"

"윽!"

선우는 그녀가 배를 밟는 바람에 고통이 가중되어 신음 소리가 저절로 흘러나왔다.

고통을 더 이상 견디지 못할 것 같았다. 그것도 그렇지만 이렇게 시간을 허비하는 게 무의미했다.

어쨌든 이 여자가 현부일 회장의 여동생이라는 사실을 알아낸 게 소득이라면 소득이다.

여기에서 시간을 더 지체하면 여자가 선우에게 더 상처를 입힐지도 모르고 또 방송국 사람들이 DDG—1000을 전 세계에 터뜨릴 시간이 늦어지게 된다.

"배를 밟아서 터뜨리기 전에 대답해라. 큰오라버니가 마족일계라는 걸 어떻게 알았느냐?"

현사임은 선우의 배를 밟은 발에 지그시 힘을 가하며 윽박질렀다.

"으윽!"

선우는 더 이상 참지 못하고 자신의 가슴에 꽂혀 있는 목걸이처럼 가느다란 쇠사슬을 통해서 공신기의 뜨거운 극열기(極熱氣)를 뿜어냈다.

퍼펑!

"끄악!"

쇠사슬을 통해서 뿜어진 극열기가 현사임의 온몸을 휩쓸자 그녀가 돼지 멱을 따는 듯한 비명을 지르면서 뒤로 붕 날려갔다.

선우의 가슴에 꽂힌 쇠사슬 끝에는 하나의 새카만 흑색의 링이 허공에 떠서 대롱거리고 있었다.

현사임은 쇠사슬을 쥐고 있던 게 아니라 손목에 차고 있는 하나의 링에서 쇠사슬이 뻗어 나온 것이었다.

그랬는데 선우의 극열기에 뒤로 날려가면서 링이 손에서 빠져나온 것이다.

툭.

링이 땅에 떨어졌다.

꿍.

그리고 직선으로 날려간 현사임은 DDG─1000에 부딪쳤다가 아래로 추락했다.

그녀가 바닥에 떨어지기 전에 선우가 왼손을 뻗자 그녀의 몸이 뚝 정지했다.

그리고 선우가 손가락을 안으로 슬쩍 구부리자 그녀가 빠른 속도로 선우에게 날아왔다.

극열기에 의해 입고 있던 옷과 머리카락이 다 타버려서 벌거벗은 몸이 벌겋게 익은 현사임이 선우의 앞에 볼썽사납게 떨어지며 나뒹굴었다.

"너……."

현사임이 온몸이 익어서 고통으로 몸을 푸들푸들 떨며 선우를 쏘아보았다.

그녀는 선우의 가슴에 꽂혀 있는 쇠사슬을 보면서 믿을 수 없다는 표정을 지었다.

"흑엽강사(黑葉鋼絲)에 맞고서도 어떻게……."

그때 선우가 손을 쓰지도 않았는데 그의 가슴에 꽂혀 있던 가느다란 쇠사슬 흑엽강사라고 하는 것이 저절로 빠져나왔다. 그것은 마치 가슴이 강사를 토해내는 듯한 광경이다.

투우.

흑엽강사가 선우의 가슴에서 다 빠져나와 허공에 정지한 듯 떠 있으며 그 끝에는 단풍잎 모양의 납작하고도 날카로운 새카만 무기 흑엽이 매달려 있었다.

스르르.

선우가 손을 뻗자 흑엽강사가 그의 손안으로 들어갔다.

현사임의 표정이 변했다.

"으으, 네가 바로 신강가의 도련님이구나."

선우는 우뚝 서서 현사임을 굽어보았다.

"당신 이름은 뭐요?"

"현… 사임이다."

"여긴 왜 온 거요?"

"으음……."

현사임이 고통스러운 듯 몸을 꿈틀거렸다.

그렇지만 그녀는 고통보다도 수치스러움이 더 컸다. 자신이 벌거벗은 몸으로 선우의 앞에서 다리를 벌린 채 꿈틀거리고 있기 때문이다.

선우는 마족 마현가 사람인 그녀가 DDG−1000이 있는 이곳에 나타난 이유가 궁금했지만 시간이 없으므로 더 묻지 않았다.

선우의 몸에서 공신기가 뿜어져서 현사임 주변의 공기를 압축시켰다.

"끄으으……."

그녀는 압축 공기에 의해 몸이 소라처럼 동그랗게 말렸다.

선우는 그녀를 산 채로 대한민국으로 데려갈 생각이다.

그는 손가락 하나 까딱하지 못하는 그녀를 가볍게 들어서 근처에 있는 커다란 빈 나무 상자 안에 넣고 뚜껑을 닫았다.

이어서 자신의 가슴에 난 상처를 굽어보고 손바닥으로 슬쩍 문지르자 상처가 감쪽같이 사라졌다.

선우는 부하들에게 명령해서 DDG—1000 위의 거대한 천막을 걷게 했다.

DDG—1000을 해체 작업하는 기술자들은 그대로 놔뒀다. 그래야만 현장감이 있기 때문이다.

선우는 CNN과 BBC, NHK 각 방송사 별로 세 명씩 아홉 명에게 DDG—1000에 얽힌 비화를 설명했다.

"오우, 마이 갓!"

설명을 들은 아홉 명이 기절할 것처럼 대경실색했다.

그들은 그런 사실이 있었는지조차도 몰랐기 때문에 놀라움이 이만저만한 게 아니었다.

사실 그들은 자신들이 무엇을 취재하는지도 모른 채 본국 방송사의 지시를 받고 이곳에 온 것이다.

무얼 취재하는지도 모르고 무작정 현장에 파견되다니 이런 경우는 한 번도 없었다.

그런데 전혀 예상하지 못한 특종을 건졌다. 아니, 가만히 있는 그들에게 선우가 특종을 떠안겨 준 것이다.

"방금 한 말이 사실입니까?"

"사실입니다."

CNN 기자의 질문에 선우는 고개를 끄떡였다.

"그런데 우리를 이곳으로 부른 이유는 설마⋯⋯."

선우는 DDG−1000을 가리켰다.

"바로 저겁니다."

방송국 사람들은 그야말로 혼비백산했다.

"아아, 맙소사! 저게 DDG−1000이라니⋯⋯!"

"저게 중국에 있었다는 말입니까?"

"아니, 저 사람들, 지금 저걸 해체하고 있는 거 아닙니까?"

선우는 DDG−1000을 응시하며 말했다.

"이제부터 여러분이 이 사실을 전 세계에 알려야 합니다. 지금 당장."

그때부터는 더 이상 말이 필요하지 않았다.

방송사 사람들은 일사불란하게 능숙한 솜씨로 방송 장비를 조작했고, 앞다투어 DDG-1000을 촬영하면서 실황 중계를 하기 시작했다.

　문이 부서질 것처럼 벌컥 열리면서 참모 카펜터가 뛰어들어오며 외쳤다.
　"미스터 로건, TV를 보십시오!"
　업무를 보고 있던 로건은 카펜터의 말을 즉시 알아듣고 리모컨을 집어 들었다.
　"CNN인가?"
　"CNN과 BBC, NHK에서 동시에 생중계하고 있습니다!"
　로건은 서둘러 CNN을 눌렀다.

　-다시 말하면 서태평양 해상에서 감쪽같이 사라졌으며 그 어떤 흔적이나 단서조차 남기지 않은 미국의 최첨단 줌왈트급 구축함 DDG-1000은 이곳 중국의 난징 유다이조선소 내에 있었습니다! 화면으로는 보이지 않지만 유다이조선의 기술자들이 DDG-1000을 해체하고 있는 중입니다!

　CNN 앵커의 목소리는 흥분으로 떨렸으며 거의 익을 쓰는 것처럼 컸다.

그리고 TV 화면에는 DDG—1000의 옆모습이 나오고 있다.

—우리 CNN에서는 세 명이 취재를 왔으며 좀 더 현장감 있는 촬영을 위해서 앵커인 나까지 세 명 모두가 카메라를 들고 다각도에서 DDG—1000을 촬영하고 있습니다!

TV 화면이 셋으로 분할되면서 DDG—1000을 여러 각도에서 촬영한 영상이 나왔다.
그때 앵커의 목소리가 더 커졌다.

—아! 지금 미국의 방송위성 스캇에서 촬영한 이곳 DDG—1000의 영상이 실시간으로 화면에 나가고 있습니다!

그러면서 TV 화면이 조금 흔들리는가 싶더니 잠시 후에 매우 높은 고공에서 어떤 도시를 수직으로 촬영한 영상이 흐릿하게 나왔다.
그리고는 앵커의 흥분한 목소리에 맞춰서 화면이 점점 빠르게 줌업되면서 결국 DDG—1000을 위에서 아래로 찍은 모습이 제법 선명하게 화면에 나왔다.

—보십시오! 중국의 기술자들이 DDG—1000을 해체하고

있는 중입니다! 다시 알려 드리겠습니다! 이곳은 중국 난징시 양쯔강 강변에 위치한 유다이조선입니다!

로건은 눈도 깜빡거리지 않고 TV 화면을 뚫어지게 주시했다.

카펜터가 설명했다.

"영국 BBC와 일본 NHK에서도 지금 DDG-1000을 생중계 하고 있습니다. 채널 돌려볼까요?"

"그냥 놔둬."

"알겠습니다."

로건은 시선을 TV 화면에 고정시킨 채 카펜터에게 물었다.

"한국 방송사에서도 생중계하고 있나?"

"하고 있지 않습니다."

로건은 비로소 화면에서 시선을 떼고 카펜터를 쳐다보았다.

"한국 방송사들은 생중계를 하지 않는다고?"

"선우 씨가 영리한 겁니다."

"영리하다고? 어째서?"

"한국은 동북아에서 여전히 약소국입니다. 중국에 비해서 는 말이죠. DDG-1000을 탈취했다고 해서 중국이 멸망하지 는 않을 겁니다. 또한 중국의 군사력이나 경제력이 감소하지 노 않을 겁니다."

로건은 알아들었다는 듯 고개를 끄떡였다.

"언젠가는 이번 일이 잠잠해질 것이고, 그때 가서 중국은 오늘 DDG-1000을 생중계한 나라에 대해서 어떤 방식으로든 보복을 하려고 들 거야. 자기네들 입으로는 허구한 날 대국이라고 떠벌이지만 중국은 충분히 그러고도 남을 소인배 나라니까 말이야."

"그렇습니다. 미국은 DDG-1000을 탈취당한 당사국이기 때문에 보복할 엄두를 내지 못한다고 해도 영국과 일본에게는 어떤 식으로든 보복할 겁니다. 그걸 증명하기 위해서는 중국이 저지른 비열한 과거의 여러 짓거리들을 되짚어볼 필요조차도 없습니다."

"음, 영국이나 일본은 강대국이라서 중국의 보복을 견디거나 맞불을 놓는다고 해도 한국으로서는 견디지 못할 거야. 선우 씨는 그걸 염려한 거로군."

로건은 손뼉을 치듯이 두 손을 맞잡았다.

"어쨌든 이걸로 게임 오버야."

그의 입가에 미소가 떠올랐다.

"이제 와서 중국 정부가 과연 뭐라고 변명할지 정말 기대가 되는군."

카펜터는 참모답게 다른 것까지 계산했다.

"중국은 기껏 40억 달러짜리 DDG-1000 한 척을 훔치고 앞으로 미국에 최소한 1000조 달러 이상의 손해를 감수해야 할 겁니다."

로건은 조금 놀라는 표정을 지었다.

"그런 계산이 나오나?"

"그것보다 크면 크지 적지는 않을 겁니다."

"호오!"

"게다가 국제사회에서 중국의 위상이 진흙탕에 떨어져 짓밟히게 되는 것은 금액으로 환산할 수도 없지요."

로건은 흡족한 미소를 지었다.

"그렇군."

로건은 TV를 보면서 흐뭇한 얼굴로 말했다.

"선우 씨가 정말 믿을 수 없을 만큼 큰일을 해냈어. 내가 미국 대통령이라면 말이야 DDG—1000 한 척이 아니라 한 열 척쯤 한국에 쾌척하겠어. 이 기회에 항공모함도 한 척쯤 넌지시 선물하고 말이지."

선우는 손뼉을 세게 쳤다.

짝짝짝짝!

"자, 갑시다! 철수합니다!"

그는 여전히 생방송에 미련을 버리지 못하고 머뭇거리는 방송국 사람들에게 소리쳤다.

"중국 군대나 공안이 덮치면 여러분은 한동안 햇빛을 보지 못하게 될 겁니다! 어서 철수합시다! 서둘러요!"

방송국 사람들은 선우의 외침에 더 이상 꾸물거리지 않았다.

그들은 중국에서 근무하고 있는, 짧게는 몇 달에서 몇 년 동안 중국이라는 나라에 대해서 너무도 잘 알게 되었다.

미국의 구축함을 중국이 탈취하여 해체하고 있는 장면을 다른 나라 방송국 사람들이 생중계했다면 현장에서 사살할 수도 있는 나라가 바로 중국이었다.

도둑질한 것을 생중계한 것이니 정당하다든가, 해외 주재원에 대한 보호 같은 건 개밥그릇에 던져야 한다.

여긴 중국이다. 지구상에 마지막 남은 엿 같은 공산주의라는 말이다.

선우는 방송국 사람들이 물러나는 것을 보고 조금 전에 현사임을 가둬놓은 나무 상자로 달려갔다.

그러나 뚜껑을 여니 그 안에 현사임이 보이지 않았다.

공신기로 꼼짝 못 하게 만들어놓은 그녀가 어떻게 탈출했는지 모를 일이다.

어쨌든 선우가 그녀를 과소평가한 게 실수였다. 그렇다고 그녀를 찾으려고 시간을 허비할 수는 없었다.

선우와 스포그의 행동대원들, 그리고 3개 방송국 사람들이 썰물처럼 빠져나가 대기시켜 둔 버스에 올라 현장에서 사라지기까지는 채 3분이 걸리지 않았다.

DDG-1000에 대한 생중계 5분에 탈출하는 데 3분. 역사상 가장 많은 시청률을 기록한 현장 생중계 드라마는 8분 만에 막을 내렸다.

선우 일행이 탄 버스가 유다이조선에서 빠져나와 대로에 접어들었을 때 맞은편에서 중국 공안 차량과 군용 지프, 군용 트럭 등 수십 대가 요란하게 사이렌 소리를 울리면서 질풍처럼 달려오고 있었다.

미국의 방송 통신위성 스캇이 중국 난징시 양쯔강변에 위치한 유다이조선을 촬영하고 있는 동안 중국 공안과 경찰, 군대가 들이닥쳤다.

그들은 유다이조선을 철통같이 포위한 상태에서 포위망 안에 있는 모든 사람을 총으로 위협하며 공장 안으로 몰아서 감금했다.

그리고는 사람이나 차량이 유다이조선으로 접근하지 못하도록 원천 봉쇄 했다.

하지만 DDG-1000 위에 씌워놓은 거대한 천막을 선우가 태워 버렸기 때문에 위쪽을 가리지 못해 방송 통신위성 스캇이 모든 장면을 촬영했다.

공안과 군인들은 한 시간이 지나서야 천막을 구해 와서

DDG—1000 위쪽을 가렸지만 그때는 이미 늦었다.

선우는 유다이조선에서 완전히 철수했다.

그가 할 수 있는 일은 거기까지였다. 더 할 수 있는 일이 없을뿐더러 더 해봐야 이득 되는 게 없다.

서태평양에서 실종된 미국의 줌왈트급 구축함 DDG—1000이 중국 난징시 유다이조선에 있다는 생중계 방송이 느닷없이 TV에서, 그것도 한 군데가 아니라 세 개 채널에서 쏟아져 나오자 중국 정부는 소스라치게 당황했다.

DDG—1000이 중국 난징시 유다이조선에 있다는 것은 이제 와서 도저히 감출 수 없는 사실로 드러났다.

중국 정부가 그것을 부랴부랴 감춘다거나 자기들은 모르는 일이라고 딱 잡아떼면서 부정한다면 그것보다 더 유치하고 꼴사나운 일은 없을 것이다.

중국 정부로서도 일이 이쯤 되자 자신들이 막바지에 몰렸다는 사실을 깨달았다.

이미 전 세계 수억 인구가 TV 생중계를 시청해서 그 사실을 알고 있으며 며칠이 지나기 전에 문명권에 살고 있는 수십억 인구마저도 다 알게 될 것이다.

그런데도 공안과 경찰, 군대가 유다이조선을 철통같이 포위하고 작업자들을 감금하는 것은 중국 정부의 방침이 아니라 난징시 최고위 인물인 당서기 개인의 견해이고 방법이다.

그렇지만 난징시 당서기의 방법은 곧 난관에 부딪쳤다.

TV를 보고 DDG-1000에 대해서 알게 된 중국 인민들이 그것의 사실 여부를 확인하기 위해서 유다이조선으로 몰려들기 시작한 것이다.

중국은 공산국가이지만 근본적인 공산당의 방침들을 제외하면 인민들이 생활하는 것은 자유민주주의국가와 별반 다를 바가 없다.

그 말은 곧 인민, 그것도 대다수 인민의 자유의지를 제어하지 못한다는 사실이다.

그리고 중국의 언론사들을 비롯한 각국 방송, 언론에 종사하는 사람들이 개미 떼처럼 유다이조선으로 몰려들었다.

그래서 유다이조선을 포위, 장악하고 있는 공안, 경찰, 군대로는 더 이상 인파를 막을 수 없는 상황에 이르렀다.

난징공항.

선우가 탄 보잉757이 힘차게 하늘로 날아올랐다.

선우와 혜주, 선녀는 기내에서 TV를 통해 몇 가지 사실을 알게 되었다.

첫째, 미국의 핵 추진 항공모함 로널드레이건호와 칼빈슨호, 그리고 두 척의 항공모함이 이끄는 항모전단이 중국으로 향하고 있다는 사실이다.

또한 괌 미군 기지에서는 핵미사일을 탑재한 스텔스폭격기들과 현존하는 최강의 전투기 F22랩터 십여 대가 발진 준비를 마치고 대기 중이라고 한다.

미국의 항모전단 목적지는 서해 발해만이라고 전해지고 있었다.

발해만은 중국 영해이다. 그런데도 미국 핵 추진 항공모함 두 척과 십여 척의 이지스함, 그리고 수십 척의 순양함과 구축함들이 발해만에 집결하는 이유는 명백했다.

전 세계 유일한 초강대국 미국의 막강한 군사력으로 무력시위를 하여 중국을 압박하려는 것이다.

우리는 이번 일 때문에 전쟁도 불사한다. 수틀리면 이대로 중국을 공격할 수도 있다. 해보겠는가? 전쟁을 원하지 않는다면 우리가 원하는 적절한 사과를 해야 할 것이다.

…라는 초강력 메시지다.

혜주가 선우의 글라스에 와인을 따르면서 물었다.

"어떻게 될 것 같아?"

선우는 글라스를 집어 들었다.

"중국은 굴종(屈從)할 거야. 그리고 대한민국은 DDG—1000이 한 척 생길 것이고,"

맞은편에 앉은 선녀는 감히 선우와 혜주의 대화에 끼어들지 못하고 있지만 방금 선우가 한 말을 듣고는 감탄하면서 낮게 외치듯 말했다.

"우리나라에 그런 게 한 척 있으면 주변국들이 바싹 긴장하게 될 거예요."

밀리터리 덕후인 선녀는 DDG-1000이 어떤 구축함인지 잘 알기에 흥분을 감추지 못했다.

혜주는 선녀를 보면서 뜻 모를 엷은 미소를 지었다.

한 여자가 선우에게 흠뻑 빠지고 있는 과정을 보는 것 같은 기분이 들어서다.

선녀는 선우의 의미심장한 미소를 보았다.

"뭐죠, 그 미소는?"

"우리나라 조선 기술 수준이 어느 정도라고 생각합니까?"

선녀는 생각할 것도 없다는 듯 대답했다.

"그야 세계 최고죠. 이지스함도 세 척이나 건조했는데."

"그러니까 DDG-1000으로 연구하면 그런 구축함을 만들어낼 수 있을 겁니다."

"아!"

"운이 좋으면 그것보다 한층 업그레이드된 구축함을 건조할 수도 있겠지요."

선녀는 너무 흥분해서 숨을 쉴 수가 없을 지경이다.

"정말 당신이라는 사람은……."

선우는 빙그레 웃었다.

"멋있습니까?"

선녀는 고개가 부러질 정도로 힘껏 끄떡였다.

"물론이에요! 아니, 그 이상이에요! 훌륭해요!"

보잉757이 정상 궤도에 올라 안정적인 비행을 할 때, 선우 등 세 사람은 와인글라스를 부딪치며 건배했다.

『상남자스타일』 4권에 계속…